PROJECT
プロジェクト・モリアーティ
MORIARTY

ナゾノベル

PROJECT MORIARTY
プロジェクト・モリアーティ

01

絶《ぜっ》対《たい》に成《せい》績《せき》が上がる塾《じゅく》

著　斜線堂有紀
絵　kaworu

朝日新聞出版

「中学生の話なんか誰《だれ》もまともに聞かない」

杜屋《もりや》譲《ゆずる》は俺《おれ》にそう言った。いかにも優等生《ゆうとうせい》の、誰《だれ》からも好かれそうなやつだ。

誰《だれ》もがすっかり杜屋の言うことを信じてしまいそうな。

「だから——簡単《かんたん》に騙《だま》せる」

そんな杜屋だからこそ、俺《おれ》はあっさり信じてしまったのかもしれない。

これは、俺《おれ》が現代《げんだい》のモリアーティこと杜屋譲と過《す》ごした日々の記録である。

ジェームズ・モリアーティ教授《きょうじゅ》

シャーロック・ホームズの最大にして最も危険《きけん》な敵《てき》。
表の顔は数学教授《きょうじゅ》だが、犯罪《はんざい》組織《そしき》の頭領《とうりょう》という裏《うら》の顔を持つ。
ホームズいわく、「犯罪《はんざい》界のナポレオン」。

目次

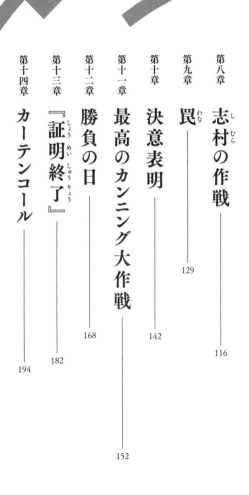

登場人物

杜《もり》屋《や》 譲《ゆずる》 MORIYA YUZURU

「この世界をちょっとだけ正しくしたい」
と話す謎《なぞ》の転校生。目的を達するためなら、
人を騙《だま》すこともいとわない。
中学生という立場を最大限《さいだいげん》に利用している。

和《わ》登《と》 尊《たける》 WATO TAKERU

ごくふつうの中学生だが、
実は「瞬間記憶能力《しゅんかんきおくのうりょく》」を持つ。
杜屋《もりや》が自分の人生を特別にする存在に
思えて、杜屋《もりや》の助手になることを了承《りょうしょう》する。

山《やま》木《き》つぼみ

クラスメイト。陽明塾《ようめいじゅく》の『陽明《ようめい》クラス』に属《ぞく》している。最近、ようすがおかしい。

福《ふく》本《もと》

クラスメイトで、和登《わと》の腐《くさ》れ縁《えん》の友人。陽明塾《ようめいじゅく》に通っている。

コバセン

イヤミなクラス担任《たんにん》。

志《し》村《むら》

陽明塾《ようめいじゅく》『陽明《ようめい》クラス』の塾生《じゅくせい》。

寺《てら》田《だ》陽《よう》明《めい》 TERADA YOUMEI

陽明塾《ようめいじゅく》の塾長《じゅくちょう》。
成績優秀者《せいせきゆうしゅうしゃ》のための特別なクラス『陽明《ようめい》クラス』を自ら指導《しどう》している。

第一章

杜屋《もりや》譲《ゆずる》について

基本的《きほんてき》に、人生というものは代《か》わり映《ば》えのしないものだ。中学生の日常《にちじょう》なんてなおさらそうである。同じ人たちが同じ時間帯に同じ横断《おうだん》歩道を渡《わた》り、同じタイミングでコンビニの配送トラックがやってくる。

いちばん予想できないのは遅延《ちえん》を繰《く》り返《かえ》す電車くらいなものだが、それだって十五分以上遅《おく》れるのはまれである。

だが、それだって俺《おれ》の人生を大きく変えることはない。

俺《おれ》はこうして、ずっと変わらずに普通《ふつう》の人生を送るんだろう——と、思っていた。

そんな俺《おれ》が杜屋のことを初めて見たのは、塀戸《べいど》中学校の最寄《もよ》り駅である。

この駅は通勤《つうきん》・通学で利用する人が多く、ホームは毎朝混《こ》んでいる。いつも通りの風景で、代《か》わり映《ば》えのない顔ぶれだ。

その中に、ウチの中学の制服《せいふく》を着ているのに見覚えのない男がいた。ブレザーはまだ新しいから、たぶん転校生なんだろう。ネクタイに入っている青縞《あおじま》を見る限《かぎ》り、俺《おれ》と同じ学年らしい。

いかにも賢《かしこ》そうな横顔と長めの髪《かみ》は、一見するといけすかない印象だ。顔立ちが整っている人間は、たいていちょっとムカつくものだ（と俺《おれ》は思っている）。けれど、そいつはびっくりするほど感じがよかった。目立たないけど感じのよい人気者って不思議な存在《そんざい》はどこの学校にもいるはずだ。見知らぬ転校生は、それの最上級って感じだった。クラス替《が》えをして、とりあえず話しかけにいくのはこいつ、って思うような。

電車から降《お》りた謎《なぞ》の転校生は片手《かたて》に何やら分厚《ぶあつ》い本──『天体の位置計算』？を持っていた（表紙に死ぬほど長い文章が書いてあって、それだけで俺《おれ》はこの本を一生読まないだろうな、と思った）。たぶん、さっきまで読んでいたんだろう。片手《かたて》にスマホを持ちながら電車を降《お》りてる俺《おれ》とは対照的だ。

新参者は俺《おれ》のことなんか一瞥《いちべつ》もせずに本をしまうと、近くにいるサラリーマンに声を掛《か》けた。手にはいつの間にかパスケースが握《にぎ》られている。落とし物か何かだろうか？と思った

が、サラリーマンは首を振《ふ》って焦《あせ》ったようすで去っていってしまった。

サラリーマンを見送る転校生の手には、黒いスマホが握《にぎ》られている。

転校生はそのまま近くの駅員に声を掛《か》けると、スマホを渡《わた》した。そうして、何事もなかったかのように去っていく。

時間にすれば数分にも満たない出来事だった。

けれど、俺《おれ》はこの朝のことをこれから一生忘《わす》れずにいることになる。


駅で会った奇妙《きみょう》な転校生のことを語る前に、俺《おれ》のことも話しておくべきかもしれない。

俺《おれ》は私立堺戸《しりつべいど》中学校に通う、和登尊《わとたける》。特に感じもよくない普通《ふつう》の中学生だ。一週間前からめでたく二年生になった。部活には入っていないので、これから入ってくる後輩《こうはい》に気をもむことはない。

クラス替《が》えの結果は可《か》もなく不可《ふか》もなくというところだ。よく話すやつが五、六人いるから、当たりといってもいいかもしれない。ただ、担任《たんにん》がコバセンなのがすべての良さを台なしにしている。

ホームルームのチャイムが鳴る一分前に教室にすべり込《こ》むと、すでに教卓《きょうたく》についていたコバセンがぎろっと俺《おれ》をにらんだ。

「重役出勤《しゅっきん》だな」

それを言うなら重役登校じゃないの？と思ったけど、俺《おれ》は軽く会釈《えしゃく》をしてへらっと自分の席に着く。それと同時にチャイムが鳴った。

コバセンは虫で例えるとトンボに似《に》ている。大きな眼鏡《めがね》の奥《おく》のぎょろ目でクラスを監視《かんし》し、じろじろ辺りを見回すトンボだ。コバセンはいつでも生徒にイヤミを言うチャンスを狙《ねら》ってるようなところがあって、生徒から嫌《きら》われていた。もちろん、俺《おれ》も大嫌《だいきら》いだ。

「えー……じゃあホームルームを始めます。学年が上がって妙《みょう》に浮《う》かれた気分になってるようですが、中学のこの時期がいちばん大事です。来週の実力テストに向けて、一年の復習《ふくしゅう》をしっかりしておくように」

コバセンは細い身体《からだ》を揺《ゆ》らしながら、ありきたりな挨拶《あいさつ》をする。

「それで……あー、突然《とつぜん》だがこのクラスに転校生が入ってくることになった。杜屋くん、入ってきなさい」

……クラス替《が》えから一週間経《た》ったこのタイミングで転校生？と不思議に思った俺《おれ》は、入ってきたやつの顔を見て固まった。

杜屋 譲

朝、駅で見た、分厚《ぶあつ》い本を持ったあいつだった。

スマホで打《う》ち込《こ》んだようなきれいな字で、黒板に『杜屋譲』と書く。

「杜屋です。家庭の事情《じじょう》で塀戸中学校に通うことになりました。これからよろしくお願いします」

なんだか妙《みょう》に大人びている挨拶《あいさつ》だと思った。でも、気取ったところがない。クラスの男子はなぜかもうすでに杜屋を気に入っているようだったし、女子はアイドルでも見るような目で杜屋を見ている。あのコバセンですら、杜屋にはなんだか一目置いているようだった。なんだか、変な気分だった。

「それじゃあ杜屋くんはあのいちばん後ろの席に――」

言いながら、コバセンが教卓《きょうたく》の中に手を入れる。そして、目の色を変えた。

「おーい、今日の日直は小池《こいけ》くんでしたよねえ」

コバセンがにやりと笑いながら小池のほうを見る。

「あーあ、困《こま》った困《こま》った……小池くん、もしかして職員室《しょくいんしつ》から出席簿《しゅっせきぼ》を持ってくるのを忘《わす》れましたか?」

このクラスの日直の仕事の一つに、出席簿《しゅっせきぼ》を職員室《しょくいんしつ》から持ってくる仕事がある。コバセンが自分で持ってくれれば済《す》むので、日直の生徒に嫌《いや》がらせをするためにわざわざ作られたような仕事だ。

小池は今年からコバセンのクラスになったから、この罠《わな》みたいな仕事に慣《な》れていないのだろう。そうしてまんまとコバセンにつかまってしまったわけだ。

小池は怒《おこ》られるのに慣《な》れていないのか、顔が赤くなっていた。小池が泣きそうになった瞬間《しゅんかん》、杜屋が口を開いた。

「あれ？　出席簿《しゅっせきぼ》なら、教室の入口に掛《か》けてありましたよ」

「え？」

「先生が見つけやすいように目立つところに掛《か》けたんでしょうね。小池くんの気づかいって細やかですね」

小池もコバセンもあっけにとられた表情《ひょうじょう》だった。慌《あわ》ててコバセンが教室の外に出る。戻《もど》ってきたコバセンの手には出席簿《しゅっせきぼ》が握《にぎ》られていた。

「……小池くん、入口のフックに出席簿《しゅっせきぼ》を掛《か》けたんですか？」

「えっ……そ、そうです。どこに置けばいいのかわからなくて……」と、小池がたどたどしく言う。

「次からは教卓《きょうたく》の中に入れてください。私《わたし》もわからないので」

「ああ、出席簿《しゅっせきぼ》を見落とされてたんですね。掛《か》けてあることに気づいていたのに、早くお伝えしなくてすいません。小池くんも僕《ぼく》のせいで不当に怒《おこ》られることになって……ごめん」

杜屋が大げさに眉《まゆ》を寄《よ》せる。するとコバセンが気まずそうに言った。

「いいえ、今回のことは周りを見なかった私《わたし》の責任《せきにん》でもあります。すいませんね、小池くん。それじゃあ出席を取りますから、杜屋くんは席に――」

杜屋は笑顔《えがお》で自分の席へと向かう。

その間、俺《おれ》はひそかに興奮《こうふん》していた。

誰《だれ》も気づいてないスーパープレイに俺《おれ》だけ気づいたような気分だ。

後ろの席にいる杜屋の顔は見えない。けど、きっと穏《おだ》やかで落ち着いた表情《ひょうじょう》をしていることだろう。

そのすました顔が驚《おどろ》きでいっぱいになるのが楽しみだった。

放課後になると、部活に誘《さそ》おうとするクラスメイトを適当《てきとう》になだめて、杜屋はさっさと教室を出た。

「なー和登、これからゲーセン行こうぜ」

「悪い、また今度な！」

俺《おれ》は友人である福本《ふくもと》の誘《さそ》いを断《ことわ》ると、一目散に杜屋の後を追った。


堺戸中学校に通う生徒の半数が電車通学をしている。かくいう俺《おれ》と杜屋も電車組だ。だから、自然と帰る方向は同じになる——はずなのだが、なぜか杜屋はまっすぐに駅に向かわず、ぐるりと遠回りをして人気《ひとけ》のない道を選んでいた。

まるで、俺《おれ》のことに気づいてるみたいに。

そう思った瞬間《しゅんかん》、杜屋が振《ふ》り向《む》いた。

「ここの自販機《じはんき》には僕《ぼく》の好きな黒豆茶が入ってるんだ。そこにベンチもあるし、話すなら座《すわ》って話そう」

俺《おれ》はすんでのところで「えっ」という言葉をかみ殺《ころ》し、コーラを買って先にベンチに座《すわ》った。杜屋は悠々《ゆうゆう》と黒豆茶を買って、俺《おれ》の隣《となり》に座《すわ》る。

「何か話があるからついてきたんだろ？　話してみなよ」

杜屋が言う。こうして話すのが初めてなはずなのに、杜屋はやけに気安かった。まるで、俺《おれ》たちが十年来の親友であるかのような顔だ。俺《おれ》はその雰囲気《ふんいき》にのまれないように言う。

「教室の入口に出席簿《しゅっせきぼ》なんか掛《か》かってなかっただろ。俺《おれ》は教室にギリギリに入ってきた。その時ちゃんと見た」

俺《おれ》が言うと、杜屋がニヤリと笑った。

「お前が出席簿《しゅっせきぼ》を掛《か》けたんだろ？　教室に入る前に」

「どうしてそんなことを？」

「転校生って、初めての登校日の朝は職員室《しょくいんしつ》に通されるだろ。お前はそこでコバセンの机《つくえ》の上にある出席簿《しゅっせきぼ》を見つけて、とっさに隠《かく》したんじゃないか？」

塀戸中の制服《せいふく》はブレザーだ。ズボンに出席簿《しゅっせきぼ》を差《さ》し込《こ》んでジャケットで隠《かく》せば持ち運んでもバレないだろう。

「お前はホームルームで紹介《しょうかい》されるまで教室の外で待機してたからな。その時ならいくらでも出席簿《しゅっせきぼ》を掛《か》けられる。それができたのは、俺《おれ》の後に教室に入ってきたお前しかいないんだ」

俺《おれ》はまるで名探偵《めいたんてい》のような口調で言う。これで杜屋の驚《おどろ》いた顔が見られると思ったのだが、杜屋はまだ楽しげで余裕《よゆう》のある笑《え》みを浮《う》かべていた。黒豆茶を飲みながら、杜屋が言う。

「出席簿《しゅっせきぼ》が掛《か》けられてなかった、というのは和登くんの記憶違《きおくちが》いかもしれないよ」

「いいや。俺《おれ》に記憶違《きおくちが》いなんてない」

俺《おれ》は深く息を吐《は》くと、一息で言った。

「本書は、天体の位置計算を、かなり初歩の人でもできるように、なるべくわかりやすく解《かい》説《せつ》し、私《わたし》なりにまとめてみたものである」

すると、杜屋の目が大きくなった。手応《てごた》えアリだ。

「お前は気づいてなかったかもしれないけど、朝見たんだ。変な本――『天体の位置計算』を持って電車から降《お》りてきたの。その表紙に書いてあった文章だ。もっと暗唱するか？」

「へえ、瞬間記憶能力《しゅんかんきおくのうりょく》……写真記憶《きおく》とも言うんだったかな。すごいね。何でも覚えられるの？」

「覚えられるけど、自由に思い出せるわけじゃない。相当集中するとか……あと、自分が興味《きょうみ》のあるもののくらいしか、しまっておいても引き出せない」

「それじゃあよっぽど僕《ぼく》に興味《きょうみ》があったんだね」

杜屋がからかうように言う。そういう言い方をされるのは癪《しゃく》だった。その通りだったからだ。

俺《おれ》はずっとこの能力《のうりょく》を周りに言わないでいた。変に質問《しつもん》されるのも面倒《めんどう》だったし、生かせる場面にムラがあるこの能力《のうりょく》を当てにされるのも荷が重い。

けれど、俺《おれ》は今ここで杜屋に『使える』やつだということを示《しめ》してやらなくちゃならなかった。

そうじゃなくちゃ、この面白《おもしろ》いやつと深く関《かか》わることなんてできないだろうと思ったからだ。

「……職員室《しょくいんしつ》を出ようとする小林《こばやし》先生が出席簿《しゅっせきぼ》を持たないことが不思議だったんだ。絶対《ぜったい》に必要なものだろうにね。おまけに、小林先生はちらりと机《つくえ》に目を向けすらしたんだ。だから、出席簿《しゅっせきぼ》を教室に持っていくのは先生じゃなくて生徒——日直か何かの役割《やくわり》なんだろうと思ったんだよ。そして、今日の日直はその仕事を忘《わす》れてしまった。きっとその生徒は叱《しか》られるだろうと思ったから、僕《ぼく》が持ってきたんだよ」

「なら、そうやって言えばいいだろ」

俺《おれ》が言うと、杜屋は鼻で笑った。

「わかってるくせに。それじゃあ仕事を忘《わす》れた小池くんが叱《しか》られることに変わりないじゃないか。あくまで今回は小林先生のミスということにしなくちゃいけないんだよ」

その通りだった。杜屋が出席簿《しゅっせきぼ》を持っていったら、コバセンは「転校生に尻《しり》ぬぐいをしてもらって恥《は》ずかしくないのか」と怒《おこ》っていたはずだ。

けど、小池はちゃんと持っていったのにコバセンが見落としただけ——という形にすれば、悪いのはコバセンということになる。それに、あまりに杜屋が堂々と『出席簿《しゅっせきぼ》は入口に掛《か》かっていた』と主張《しゅちょう》するものだから、コバセン自身までそれを信じてしまっているようだった。

コバセンの机《つくえ》にわざと残された出席簿《しゅっせきぼ》だけで、杜屋はそこまで予測《よそく》したのだろうか。だとすると、俺《おれ》は少し恐《おそ》ろしくなった。こいつはどのくらい頭が回るのだろう?

「要するに、それってコバセンのこと……騙《だま》したってことだよな?」

おまけに杜屋は小池まで巻《ま》き込《こ》んで嘘《うそ》をつかせたのだ。

何か反論《はんろん》してくると思ったのに、杜屋はあっさりと言う。

「そうだね」

ここまではっきりと言われると、俺《おれ》も返す言葉がない。

しかたなく、俺《おれ》はもう一つの疑問《ぎもん》を口にした。

「あと……もう一つ気になってたんだけど」

「どうしたの？」

「朝、駅でサラリーマンに話しかけてただろ？　あれも、何かしてたのか？」

ほとんど確信《かくしん》に満ちた口調で尋《たず》ねる。こいつは何かやったはずだ。案の定、杜屋はゆっくりとうなずいた。

「彼《かれ》のスマートフォンを拝借《はいしゃく》したんだ。落とし物を渡《わた》すフリをすれば、そっちに集中するだろう？　だから簡単《かんたん》だったよ」

「はいしゃく……って、盗《ぬす》んだってことか？」

「そうだね。そして、スマートフォンは駅員さんに渡《わた》した」

「なんでそんなことを？」

「あのサラリーマンが盗撮犯《とうさつはん》だったからだよ。彼《かれ》は見知らぬ女子高生のスカートの中を盗撮《とうさつ》していた。スマートフォンと車内の防犯《ぼうはん》カメラを照らし合わせれば、彼《かれ》はきっと捕《つか》まるんじゃないかな」

俺《おれ》は思わず息をのんでから、続ける。

「なんでそんなことするんだよ」

「大丈夫《だいじょうぶ》。僕《ぼく》がスマートフォンを拝借《はいしゃく》した場所は防犯《ぼうはん》カメラの死角だから」

「そういうことを言ってるんじゃねえよ！　そんな……と、盗撮犯《とうさつはん》なら、そこで捕《つか》まえれば……」

「仮《かり》に車内で捕《つか》まえたとして、中学生の言うことは周りに信じてもらえるかな」

杜屋の表情《ひょうじょう》は真剣《しんけん》だった。

「相手は言《い》い逃《のが》れるだろうし、その間にスマートフォンのデータを消されたら最悪だ。だから、僕《ぼく》は僕《ぼく》にできる最善《さいぜん》のことをした。小林先生のパターンもそうだ。生徒が真っ向から小林先生のやり方を批判《ひはん》したとして、先生は反省するだろうか？」

杜屋はゆっくりと立ち上がると、飲み終えた黒豆茶のペットボトルをゴミ箱に投げ入れる。きれいな放物線を描《えが》いて、ペットボトルがゴミ箱に入った。

「中学生の話なんか誰《だれ》もまともに聞かない。だから——簡単《かんたん》に騙《だま》せる」

そう言って、杜屋は片頬《かたほお》を上げた。

それは今まで見せてきたどんな笑顔《えがお》とも違《ちが》う、まるで悪人みたいな笑顔《えがお》だった。

けれど、俺《おれ》にはそれこそが本物の杜屋譲の笑顔《えがお》に見えた。

「お前……何なの？」

「難《むずか》しい質問《しつもん》だけど、そうだな……。僕《ぼく》はただの中学生だよ」

全然ただの中学生には見えなかった。杜屋がただの中学生なら、俺《おれ》はその二倍くらいただの中学生だ。そのまま杜屋が言う。

「けど、この世界をちょっとだけ正しくしたいと思ってる」

ふだんの俺《おれ》だったら、そんな言葉は笑い飛ばしていただろう。

けれど、杜屋が言うその言葉には重みがあった。

俺《おれ》に人と違《ちが》う記憶力《きおくりょく》があるように、杜屋には人と違《ちが》う説得力があった。人をあっさり騙《だま》してしまうような度胸《どきょう》があった。

杜屋の言葉を聞いた瞬間《しゅんかん》、中学生っていう不自由な立場がとんでもない力を持っている存在《そんざい》なんじゃないかと思った。

杜屋は危《あぶ》ない、と俺《おれ》は思った。杜屋はなんだか、俺《おれ》の人生を特別にするような存在《そんざい》に見えてしまう。

「ところで、尊くん。僕《ぼく》は君の能力《のうりょく》をとても素晴《すば》らしいものだと思っている。君さえよければ、その素晴《すば》らしい才能《さいのう》を世界を正しくするために使わないか?」

杜屋の目は、きらきらと輝《かがや》いていた。

「僕《ぼく》の助手になってくれ、尊くん」

俺《おれ》は一瞬《いっしゅん》だけ悩《なや》んだ。

杜屋は、本当に世界を良くするんだろうか？

人を騙《だま》すのにためらいのない杜屋は、もしかしたら良くない方向へと向かうんじゃないのだろうか？

俺《おれ》は杜屋を信じていいんだろうか？

だが、手の中にあるコーラを飲《の》み干《ほ》す頃《ころ》には、俺《おれ》の気持ちは決まっていた。

「この瞬間《しゅんかん》も、ずっと覚えていてくれるのかな」

俺《おれ》が何かを言うより先に、杜屋がそう言って笑う。まだ返事もしてないのに、キザったらしいやつだ。

「お前が望む時に思い出してやるよ」

こうして俺《おれ》は、奇妙《きみょう》な転校生――杜屋譲の助手になったのだった。

第二章
杜《もり》屋《や》譲《ゆずる》について（実《じっ》践《せん》編《へん》）

さて『世界を正しくする』なんて大きなことをのたまった杜屋と、それに賛同《さんどう》して助手になんかなってしまった俺《おれ》の学校生活だが、これが驚《おどろ》いたことに何も変わらなかった。

午前八時十五分、俺《おれ》はホームルームギリギリに教室にすべり込《こ》む。コバセンが舌打《したう》ちをする。杜屋はすでに席に着いていて、数学の本らしきものを読んでいた。教室は落ち着きがないけれどいつも通り。

俺《おれ》は何回か杜屋の席に視線《しせん》を向けたが、杜屋は俺《おれ》のほうを見向きもしなかった。何かしら秘密《ひみつ》の指示《しじ》とか、意味ありげな目配せでもしてくるかと思ったが、それもなかった。ホームルームが終わり、一時間目の授業《じゅぎょう》が終わっても秘密《ひみつ》指令はない。まるで昨日のやり取りがなかったかのようだ。

授業《じゅぎょう》の間の休み時間はクラスメイトに話しかけられ、にこやかに応対《おうたい》していて隙《すき》がない。笑顔《えがお》で周りと会話し、たまに冗談《じょうだん》か何かを言って沸《わ》かせているさまは、普通《ふつう》の人気者の転校生って感じだ。

たまりかねた俺《おれ》は昼休みになるなり、自分から杜屋の席に歩いていった。

「やあ、尊《たける》くん。ここの給食はなかなかおいしいね。さすがは五十年以上の歴史を持つ名門私立《しりつ》なだけはある。竜田揚《たつたあ》げがサクサクな学校が、都内にどれだけあるだろう」

「給食の感想を聞きに来たんじゃないんだけど」

「だとしたら何をしに来たのかな。異常《いじょう》に目配せをしてきたのはわかったんだけども」

「わかってたのかよ」

俺《おれ》の覚えている限《かぎ》り、杜屋がこちらに視線《しせん》を寄越《よこ》した記憶《きおく》はない。それはそれでなんだか恐《おそ》ろしい話だ。

俺《おれ》は気を取り直して言う。

「何か用があるっていうか……昨日の今日で案外普通《ふつう》だな、と」

「普通《ふつう》で何よりじゃないか」

「お前って世直しをモットーにしてるんだろ。何かしないのか？」

俺《おれ》が言うと、杜屋はきょとんとした顔をして少し笑った。

「世直しじゃないよ。世界を僕《ぼく》にとって良くするのが僕《ぼく》の目標なんだ。今のところ、クラスメイトたちはほがらかで素晴《すば》らしいし、学校生活は穏《おだ》やかだし、給食はおいしい。何かする理由が見当たらないな」

そう言って、杜屋が首を傾《かし》げた。

「だから、僕《ぼく》の目的はごく私的《してき》な世界征服《せいふく》みたいなものなんだ」

「なんだそれ」

俺《おれ》は思わず言ってしまう。『世界征服《せいふく》』なんて大真面目《おおまじめ》な顔で言うやつなんか漫画《まんが》や小説でしか見たことがない。

「お前、漫画《まんが》の読《よ》み過《す》ぎじゃないか？」

「あいにく、諸般《しょはん》の事情《じじょう》からフィクションは読まないようにしているんだ。尊くんはよく読むの？」

「そこそこ。けど、嫌《きら》いなとこばっか思い出すから苦手な時もある」

「嫌《きら》いなところこそ印象に残っているんだろうね」

杜屋が訳知《わけし》り顔でうなずくが、俺《おれ》が引っかかっているのはフィクションは読まないようにしている、のところだった。たしかに、昨日杜屋が読んでいたのは天文の本だったたし、今は数学の本だ。俺《おれ》はドラえもんすら見ずに積み木で遊ぶ小さな杜屋を簡単《かんたん》に思《おも》い浮《う》かべることができた。

「尊くんは、大いなる計画に何がいちばん必要だと思う？」

「えっ……度胸《どきょう》とか？」

「目立たない習慣《しゅうかん》だよ。東西冷戦（＊1）の時のスパイは、疑《うたが》われずにスパイ活動を行うために十年間同じ道を散歩して、朝の体操《たいそう》に欠かさず参加していたんだ。周りが彼《かれ》を『普通《ふつう》のおじさん』として警戒《けいかい》しなくなるまでね」

「えーと、要するに杜屋は今スパイなわけ？　何の？」

「今のはたとえ話だよ」と杜屋が溜息《ためいき》をつく。

そんなことを話していると、クラスのやつらがチラチラとこちらを見てきた。目立たないことの良さを語っていたやつが、普通《ふつう》に目立っている。

「杜屋くん、いつの間に和登《わと》くんと仲良くなったの？」

あげくの果てにはそんなふうに話しかけられる始末だ。杜屋は笑顔《えがお》で「家が近所なんだ」と返している。その設定《せってい》、今作ったただろ。

そんなわけで、杜屋の助手になったからといって、別に俺《おれ》の生活は平凡《へいぼん》だったし、杜屋も普通《ふつう》に過《す》ごしていた。

杜屋は誰彼構《だれかれかま》わず愛想《あいそ》良く付き合うタイプのようだった。クラスで話しかけられた時のにこにこっぷりもそうだし、誘《さそ》われた部活には必ず体験入部をしていた。

「中学校生活において顔が広くて悪いことは一つもないよ」

とのことである。

それはその通りかもしれないが、昨日は化学部、今日はサッカー部、明日は手芸部と次々に体験入部をこなしていくのは真似《まね》できない。おまけに杜屋は、なめらかな手つきで実験をこなし、サッカー部で華麗《かれい》なハットトリックを決め、限《かぎ》られた時間で売り物のような刺繍《ししゅう》をしてみせたのだ。

なのに、杜屋はどの部活にも結局入っていない。多分、これからも入らないだろう。杜屋は本当に、ただ知り合いを作るためだけにこんなことをしているのだった。

＊1「東西冷戦」…第2次世界大戦後の、アメリカを中心としたグループ（西側陣営《じんえい》）とソビエト連邦《れんぽう》（現《げん》ロシア）を中心としたグループ（東側陣営）の対立。武力《ぶりょく》で戦うことはしなかったため、「冷たい戦争＝冷戦」と呼《よ》ばれた。

「お前よくこんなことできるよな」

俺《おれ》はテニス部に体験入部している杜屋を横目に、改めて言う。

杜屋はたった今、同級生のレギュラー相手にストレート勝ちを決めたところだった。そこまでこてんぱんにしてしまったら憎《にく》まれてしまいそうなものだが、負けた相手は素直《すなお》に杜屋をほめているようだった。不思議である。

「身体《からだ》を動かすのも手先を使う作業をするのも嫌《きら》いじゃないんだ。尊くんこそ、僕《ぼく》の体験入部を見学するのは楽しいの？」

「今のところそうでもない。けど、面白《おもしろ》いことが起きたら見ておかなかったことを後悔《こうかい》するかなって」

「まるで伝記作家みたいだね」

電気作家のことがよくわからなかったが、俺《おれ》は一応《いちおう》うなずいてみる。電気はずっと使えるものだから、ずっと生活にある作家的な意味だろう。うまい言い回しだ。

野太い悲鳴が聞こえたのはその時だった。

「なんだ今の」

「備品《びひん》倉庫のほうだね。行ってみようか」

杜屋の言葉にうなずき、校舎《こうしゃ》の裏手《うらて》に回る。

そこにはそれぞれの部活に割《わ》り当《あ》てられた小さな倉庫があり、部活に必要なものが入っている。

倉庫の前でざわざわしているのはバスケ部の連中だった。

「やあ、どうしたの」

杜屋はすでにバスケ部にも体験入部済《ず》みなので、笑顔《えがお》で話しかける。バスケ部のキャプテンも「おお、杜屋か……」と力なくも笑顔《えがお》で応《おう》じた。かなり参っているようで、野次馬根性《やじうまこんじょう》でのぞきにきた俺《おれ》のことをまるで気にしていない。

「実は、一年がやらかしたんだ」

やらかしたらしき一年は土下座《どげざ》でもせんばかりの勢《いきお》いで先輩《せんぱい》たちに謝《あやま》っている。どういうことかはバスケ部の備品《びひん》倉庫を見た瞬間《しゅんかん》にわかった。

バスケ部の備品《びひん》倉庫は雨でも降《ふ》ったかのようにびしょ濡《ぬ》れになっていた。

「これはすごいね」

「手持《ても》ち無沙汰《ぶさた》な一年が備品《びひん》倉庫でボールを投げ上げたんだ。そうしたら運悪くそれがスプリンクラーに当たってな……誤作動《ごさどう》を起こしてこのザマだ」

備品《びひん》倉庫にあるものはボールも靴《くつ》も書類らしきものもすべて濡《ぬ》れてしまっている。それだけじゃない。被害《ひがい》は木でできた棚《たな》や床《ゆか》にまで出ているようだった。

「先生にはもう言ったの？」

「いや、これからだ……。倉庫にあるものを全部出して乾《かわ》かそうにも限度《げんど》がある。水に浸《ひた》ったボールは傷《いた》んでもう使えないだろうし、買い直しの予算が出るかどうか……」

キャプテンが大きく溜息《ためいき》をつく。それに合わせて、やらかした一年が卒倒《そっとう》してしまいそうなくらい顔を青くした。

うっかり備品《びひん》のほとんどを駄目《だめ》にしてしまった部活はどうなるのだろうか。備品《びひん》を買い直すとなると、他《ほか》の部活と差をつけることになる。なら、これからバスケ部はまともに練習ができないような環境《かんきょう》になるのか？　もしくは、やらかした一年が弁償《べんしょう》をするのだろうか。でも、相当な金額《きんがく》になってしまうだろう。そうしたらいいよ、あの一年たちはどうなってしまうんだろう。

「それなら、僕《ぼく》が少し手を貸《か》そうか？」

杜屋が口を開いた。キャプテンが驚《おどろ》いた顔をする。

「どうにかしてくれるのか？」

「もちろん。何しろ、体験入部をさせてもらった恩《おん》があるからね」

杜屋が笑顔《えがお》で軽く胸《むね》を叩《たた》く。体験入部に恩《おん》も何もないだろうに。

「何か、備品《びひん》を元通りにする方法があるのか？　か、乾燥機《かんそうき》とかか？」

キャプテンの言葉に首を振《ふ》り、杜屋が倉庫の中に入っていく。

「それはないけど、解決《かいけつ》はできそうだ」

そう言って杜屋が手にしたのは、倉庫の隅《すみ》に置いてあった防災用《ぼうさいよう》の消火器だった。消火器は他《ほか》の備品《びひん》と同じくびちゃびちゃに濡《ぬ》れていて、古びたラベルがさらにボロボロになってしまっている。

「どうするんだ、それ？」と俺《おれ》が尋《たず》ねると、杜屋は笑顔《えがお》で言った。

「こうするから、離《はな》れていて」

言い終わるなり、杜屋が消火器のピンを抜《ぬ》いて、本体を思い切り倉庫の中へと転がした。

数秒遅《おく》れて、倉庫の中がピンク色の煙《けむり》で染《そ》まっていく。事態《じたい》がわかっていないバスケ部の部員たちやキャプテンが、目の前の大惨事《だいさんじ》をぽかんとした顔で見つめていた。

それからしばらく経《た》って、ようやくピンク色の煙《けむり》が晴れた。備品《びひん》倉庫の中は真っピンクに染《そ》まってしまっている。それでびしょ濡《ぬ》れ具合が目立たなくなった……ということもなく、

Beido
4

濡《ぬ》れた上に汚《よご》れた倉庫になっただけだった。

「このピンク色の粉は粉末ABC消火薬剤《やくざい》といって、第一リン酸《さん》アンモニウムでできているんだ。実は消防法《しょうぼうほう》でピンクにするように定められているんだよ。消火薬剤《やくざい》には他《ほか》にも種類があるから、一目見て成分がわかりやすいように色分けされているんだ。これが炭酸水素《たんさんすいそ》カリウムでできた消火薬剤《やくざい》だと紫《むらさき》色《いろ》になる」

杜屋は周りの空気など気にせず、笑顔《えがお》で解説《かいせつ》をする。知らない知識《ちしき》だったが、中学生が知ったところであまり役に立たなそうな知識《ちしき》だ。

「そ……それで……これで何が解決《かいけつ》したんだ？　俺《おれ》には、事態《じたい》が悪化したようにしか見えないんだが……」

あまりに杜屋が堂々としているからだろう。キャプテンがおずおずと言った。キャプテンからしたら、火に油を注いだようにしか見えないはずだ。使ったのは消火器だからこのたとえは間違《まちが》ってるかもしれないけど。

だが、杜屋はまるで笑顔《えがお》を崩《くず》さずに言った。

「大丈夫《だいじょうぶ》だよ。これで先生を呼《よ》びにいくといい。ただし、先生にはユニホームに消火器が引っかかって倒《たお》れてしまった、と言うんだ」

「そうしたら、バスケ部が怒《おこ》られることはないよ。僕《ぼく》を信じて」

杜屋が言うと、キャプテンは納得《なっとく》のいかなそうな顔をして――それでも、先生を呼《よ》びにいった。

すぐにバスケ部の顧問《こもん》らしい男の先生がやってきて、大惨事《だいさんじ》の倉庫を見る。びしょ濡《ぬ》れだけならまだしも、粉まみれの倉庫だ。さすがの先生もぎょっとした顔をしたが、床《ゆか》に転がる消火器を見ると表情《ひょうじょう》が変わった。見守るバスケ部の面々を前に、先生が一つ咳払《せきばら》いをして言う。

「誰《だれ》も怪我《けが》はなかったか？　粉を吸《す》い込《こ》んでしまった者は？」

「怪我《けが》をした部員はいません、全員無事です！」と、キャプテンが大きな声で言う。すると、先生は大きくうなずいてから言った。

「今回は学校側の責任《せきにん》だ。一週間ほど不自由させるかもしれないが、なるべく早くどうにかするから勘弁《かんべん》してくれ」

俺《おれ》はあと少しで声を出してしまいそうだった。バスケ部員も同じくらい驚《おどろ》いていただろうに、全員で声を揃《そろ》えて「ありがとうございます！」と叫《さけ》ぶ。

「え？　けど……」

そうして、誰《だれ》も怒《おこ》られることなく備品《びひん》倉庫の件《けん》は決着したのだった。


「お前、いったい何したんだよ」

遠回りをして帰りながら、杜屋に尋《たず》ねる。バスケ部員たちは怒《おこ》られなかったどころか備品《びひん》を新しく買い直してもらえることに大盛り上がりをしていて、何が起こったかが気にならなくなってしまったようだった。杜屋がそっとその場を離《はな》れてしまったのもあるだろう。

だが、俺《おれ》はそんなので流されない。全然気になる。

「尊くんの見た通りだよ。消火器のピンを抜《ぬ》き、備品《びひん》倉庫を粉だらけにした」

「あんなのびしょ濡《ぬ》れにするより大変じゃん。なんであの先生怒《おこ》らなかったんだ？」

「怒《おこ》れるはずがないよ。だって、弱みを見せたのは学校側なんだから」

そう言って、杜屋が笑顔《えがお》を見せた。他《ほか》のクラスメイトに見せるのとは違《ちが》う、どことなく冷たさを感じさせる笑《え》みだ。

「塀戸《べいど》中学校は歴史ある学校だけど、ところどころが古びすぎているよね。倉庫自体もそうだし、倉庫に置かれていた消火器もそうだ。消火器の耐用《たいよう》年数は八年程度《ていど》なのに、あれは十五年も前に買われたものだったんだよ」

俺《おれ》はボロボロになっていた消火器のラベルを思い出す。それじゃあ、あの消火器はずいぶん前から使えなくなっていたわけだ。

「使用期限《きげん》の切れた消火器は肝心《かんじん》な時に使えないだけじゃなく、ふとしたきっかけで暴発《ぼうはつ》してしまうから本当に危険《きけん》なんだ。倒《たお》れただけでピンが取れて暴発《ぼうはつ》してしまった例もあるのに、学校になんか到底《とうてい》置いておけないよ」

そこでさすがの俺《おれ》でもわかった。

耐用《たいよう》年数を大きく過《す》ぎた消火器を倒《たお》し、暴発《ぼうはつ》させてしまった生徒。それで生徒が怪我《けが》でもしていたら一大事だし——完全に学校側が悪い。

「消火器の粉で防火用《ぼうかよう》スプリンクラーが誤作動《ごさどう》を起こすというのも、全然あり得る話だろう？　ボールがぶつかったくらいで誤作動《ごさどう》を起こすスプリンクラーなんだから、そちらも相当古びているだろうしね。どうあったって、バスケ部に責任《せきにん》は問えない。だから、先生は彼《かれ》らを叱《しか》るどころか下手《したて》に出るしかなかったんだよ」

むしろ、怪我人《けがにん》が出なかったことに胸《むね》をなで下ろしていたとしても不思議じゃない。

「あの一瞬《いっしゅん》でよくそこまで機転が利《き》いたな……」

俺《おれ》はしみじみ言う。もちろん、これだって先生を——それどころか学校を騙《だま》しているのには違《ちが》いない。けど、やらかしてしまった一年たちの顔を思い出すと、杜屋のやったことはファインプレーだと思わずにはいられない。

「倉庫を見てすぐあのボロボロの消火器が目に入ったからね」

「それでもすごいわ。というか、体験入部の恩《おん》だっけ。お前って義理堅《ぎりがた》いんだな」

「彼《かれ》らを助けたのはそれもあるんだけど——それだけじゃないよ」

杜屋は片頬《かたほお》を上げながら言った。

「耐用《たいよう》年数の切れた消火器を見た時に思ったんだよ。もしかして、この学校にある消火器のほとんどが同じように耐用《たいよう》年数の切れたものなんじゃないかって。十五年も放っておかれたものを一斉《いっせい》に点検《てんけん》・交換《こうかん》させるには、何かしらきっかけが必要なんだ」

もしかしたら、次は本当に誰《だれ》かが怪我《けが》をするかもしれないしね——と、杜屋が続ける。

杜屋は変なやつだ。人を騙《だま》すのにまったく抵抗《ていこう》がないから、悪いやつでもあると思う。世界征服《せいふく》とか大真面目《おおまじめ》に言っちゃうんだから、ヤバいやつでもある。

でも、こいつの思い通りになる世界は、昨日より少し良い世界になるような気がする。

「俺《おれ》、やっぱりお前のこと見ておいてよかったわ」

「ご期待に沿《そ》えて何よりだよ」

「電気の作家も悪くないな」

「一応《いちおう》言っておくけど、伝記作家はエレクトロニックな作家じゃないよ」

後日、塀戸中学校にあるすべての消火器が交換《こうかん》されることになり、学校は臨時《りんじ》休校になった。

休みが一日増《ふ》えたところからも、杜屋のやったことが『良いこと』だとわかる。少なくとも、俺《おれ》のような普通《ふつう》の中学生にとってはそうだ。

第三章

絶《ぜっ》対《たい》に成《せい》績《せき》が上がる塾《じゅく》の謎《なぞ》

俺《おれ》が私立《しりつ》中学を受験したのは、おふくろに強く勧《すす》められたからだ。

「お父さんもお母さんも塀戸《べいど》中学校に通ってたんだから」

そう言われたものの、両親が通ってたことは別にセールスポイントにはならない。むしろなんとなく嫌《いや》な気分になるくらいだった。けど、小学校の勉強は暗記能力《のうりょく》だけでどうにかなる範囲《はんい》が大きかったし、何より塀戸中の制服《せいふく》がシャレていることや、高校受験をしなくてよくなることから受験した。結果俺《おれ》は、ラインちょっと上で合格《ごうかく》した。

つまり、俺《おれ》はあんまり勉強に熱心な中学生じゃない。よっぽどひどい成績《せいせき》じゃなきゃ内部進学ができるし、テストの成績《せいせき》が良かろうが悪かろうが気にならない。おふくろから大学受験の時に困《こま》るんじゃないかと心配されているものの、それはその時考えようと思っている。

けれど、同級生の半分……いや、三分の二は俺《おれ》と違《ちが》ってかなり真面目《まじめ》だ。塀戸中の恵《めぐ》まれた教育環境《かんきょう》で自分を磨《みが》き、有名高校へと外部進学を目指しているやつらが多い。それを聞くと、俺《おれ》は別の世界の人間を見ているような気分になる。

そういうわけで、テスト前のこの時期はいつも教室内が真面目《まじめ》な空気で満たされている。休み時間まで教科書を開いたり、友達《ともだち》と問題を出し合ったりしているのを見ると、俺《おれ》は別の宇宙《うちゅう》の人間を見ているような気分になる。

目前に控《ひか》えているのは二年に上がってから初めての中間テストだ。中二になってからいきなり範囲《はんい》が広くなって内容《ないよう》も複雑《ふくざつ》になってきたので、みんな真剣《しんけん》に取り組んでいる。

良い成績《せいせき》を取りたいわけじゃないが、進んで悪い成績《せいせき》を取りたいわけでもないので勉強をしなくちゃいけない……のだけれど、どうにも気が進まない。俺《おれ》が求めているのがなんなのかはわからないが、少なくとも単語カードとにらめっこする中学生活ではない。

こうやっていつもギリギリまでやらず、徹夜《てつや》でなんとか知識《ちしき》を頭に詰《つ》め込《こ》むのが、俺《おれ》にとってのテスト勉強だ（こういうやり方をしていると最初のほうだけ完璧《かんぺき》で、後は白紙というめちゃくちゃ不自然な解答《かいとう》用紙ができあがるがしかたない。いくら瞬間《しゅんかん》記憶《きおく》能力《のうりょく》があるといっても、興味《きょうみ》のないものは素早《すばや》く頭に入れられないのだ）。

いっそのこと早くテストが終わってほしい。俺《おれ》がいちばん嫌《きら》いなのは、こうしてテスト前になんとなーく焦《あせ》った気持ちになることだ。終わってしまえばあきらめがつく。早く来週になれ、なれ、なれ、なれ……。

そんなことを考えている俺《おれ》に、話しかけてくるやつがいた。

「よーう、テスト勉強を頑張《がんば》る生徒に冷めた目を向けている和登《わと》くんよ」

福本《ふくもと》だった。去年から同じクラスでそれなりに仲良くやっている福本は、よくも悪くも腐《くさ》れ縁《えん》という言葉がよく似合《にあ》う。タヌキのような愛嬌《あいきょう》のある顔が特徴的《とくちょうてき》で、結構《けっこう》顔が広い。

なんでもこいつは古今東西《ここんとうざい》UMA《ユーマ》（＊2）研究部なる妙《みょう》な部活に所属《しょぞく》しているらしく、冒険家《ぼうけんか》を目指すべく日夜修業《しゅぎょう》を重ねている……ようだ。それで先生やら親やらが納得《なっとく》しているのが、俺《おれ》には偉業《いぎょう》に思えた。その分普通《ふつう》の勉強はおろそかにされていて、成績《せいせき》は俺《おれ》と似《に》たり寄《よ》ったりだ。

「まぶしくて尊敬《そんけい》の念を抱《いだ》いてるんだよ。俺《おれ》には到底《とうてい》できない芸当だからな」

これは冗談《じょうだん》半分本気半分だ。目標に向かって努力ができるのは素直《すなお》にすごい。

＊2「UMA《ユーマ》」…未確認《みかくにん》動物（Unidentified《アンアイデンティファイド》 Mysterious《ミステリアス》 Animal《アニマル》）。ツチノコや雪男など、目撃情報《もくげきじょうほう》はあるものの、実在《じつざい》が確認されていない動物の総称《そうしょう》。

「和登ってやる気ある時とない時の差が鬼《おに》のようにあるもんな」

福本がなかなか鋭《するど》いことを言ってくる。歴史の授業《じゅぎょう》なんかで面白《おもしろ》いエピソードを話されると、俺《おれ》は意識《いしき》していないがゆえに覚えてしまい、妙《みょう》に成績《せいせき》が良くなってしまうのだ。先生方には本当は大いに活用してほしい方法である。

「そんな和登くんに、特別な情報《じょうほう》をやろう」

「それって詐欺《さぎ》師《し》の口ぶりだぞ」

「絶対《ぜったい》に成績《せいせき》の上がる塾《じゅく》に興味《きょうみ》はないか？」

俺《おれ》の言葉を無視《むし》して、福本が言った。

「そりゃ、塾《じゅく》に通えば成績《せいせき》は上がるに決まってるだろ」

「ノンノンノン、ただ塾《じゅく》に通うだけで成績《せいせき》がぐんぐん伸《の》びるんなら、勉強に困《こま》る生徒なんかいなくなるだろ？」

「そりゃまあそうだけど」

「けど、俺《おれ》の行ってる塾《じゅく》は、入ったら絶対《ぜったい》に成績《せいせき》が上がるんだよ。これ、ウソじゃないからな」

ウソに決まってるだろ、と俺《おれ》は思う。塾《じゅく》で成績《せいせき》が伸《の》びるかどうかなんて、結局本人の努力次第《しだい》だ。

俺《おれ》の白けた顔に気がついたのか、福本が慌《あわ》てる。

「お、おい……そんな顔するなって。そうだ！　おーい、山木《やまき》さん！　山木さん！」

福本が自習に励《はげ》んでいたクラスメイトの一人に声を掛《か》ける。

振り向《む》いてこちらにやってきたのは、山木つぼみだった。

少し赤みの入った綺麗《きれい》な髪《かみ》を二つに編《あ》んだ女の子で、目の丸さが特徴的《とくちょうてき》である。明るくていつも笑顔《えがお》で、誰《だれ》とでも仲良くなれる子って印象だ。クラスの男子からデレデレ話しかけられているのを見る。たしか部活は写真部だったはずだ。

「どうしたの？　福本くん」

「実は和登のやつが陽明塾《ようめいじゅく》に興味《きょうみ》あるらしくてさ！」

そんなことは一言も言っていないが、面倒《めんどう》なのでそのまま言わせておく。

すると、山木さんの顔が少しひきつった……ように見えた。女子の表情《ひょうじょう》は正直よくわからないけれど、あんまり喜んでいるようには見えない……気がする。

けど、俺《おれ》よりもさらに女子の表情《ひょうじょう》にうとい福本が、まったく気にせずに続ける。

「山木さんすごいんだよ。陽明塾《じゅく》に入る前はパッとしない成績《せいせき》だったのに、みるみるうち

に成績伸《せいせきの》ばしてさ」

「人に向かってパッとしない成績《せいせき》とか言うなよ」

と言いながら、俺《おれ》は一年の頃《ころ》の順位表を思い出す。たしか、入学した頃《ころ》の山木さんは百五十六位で俺《おれ》と大差ない順位だったはずだ。それが学年末のテストでは突然《とつぜん》六十二位まで浮上《ふじょう》していた。

「なるほど、百位近く上がったなら塾《じゅく》の実力は本物かもな」

「え？　なんでそのことを知ってるの？」

山木さんがきょとんとした表情《ひょうじょう》で言う。まずい。普通《ふつう》の人間は張《は》り出《だ》された順位表を全部覚えていたりしない。怪《あや》しまれてしまう。

「さっき福本くんが言っていたじゃないか」

すると、背後《はいご》からスッと杜屋《もりや》が話に入ってきた。

「言ったっけ」

福本が首を傾《かし》げるが、杜屋は動じなかった。

「そうだよ。パッとしない成績《せいせき》だったのに〜の後に」

杜屋がわざわざ福本の口調を真似《まね》しながら言う。単純《たんじゅん》な福本はそれだけで記憶《きおく》を書《か》き換《か》えられてしまったらしく、目を丸くさせながら言った。

「……そうだっけ」

「よっぽど興奮《こうふん》してたんだね」

とどめの言いくるめで、現実《げんじつ》が完全に改変された。俺《おれ》のミスをフォローしてもらったのだから文句《もんく》なんか言えないけれど、サラッとこういうことをやれてしまう杜屋は怖《こわ》い。

それにしても、なんで急に話に入ってきたんだろうか？　もしかして、杜屋も絶対《ぜったい》に成績《せいせき》が上がる塾《じゅく》に興味《きょうみ》があるんだろうか。俺《おれ》はいいところの大学に入るとかを目標にしてないけど、杜屋がきっちり人生設計《せっけい》を立てている可能性《かのうせい》は十分ある。だとすると、杜屋にも普通《ふつう》の中学生らしいところがある……と、その横顔を見ながら思った。

「とにかく、山木さんっていう成功例がいるんだから、安心だろ？　体験入塾《にゅうじゅく》しようぜ」

福本が偉《えら》そうに言い、山木さんはいまだ複雑《ふくざつ》そうな表情《ひょうじょう》をしている。……ほめられて恥《は》ずかしいとか？　けど、それにしては……。

「ていうか、お前はどうなんだよ」

「え？」

「山木さんは上がったんだろうけど、お前は？」

すると、福本はぐぐぐと眉《まゆよ》を寄せた。

「まあ、さすがにちょっとは上がった……かな？」

俺《おれ》は記憶《きおく》の中の順位表を参照する。百六十二位から百四十五位。……まあ、たしかに上がってなくはないが……山木さんの上がりっぷりを考えると、ものすごく物足りない上がり方なのがなんとも言えない。ただの運のような気がする。

「だからさ、体験だけでも来てくれよ。な？　成績《せいせき》が上がって悪いことなんかないだろ」

福本が手をあわせて拝《おが》んでくる。ここまでくるとちょっとおかしい気もする。

「俺《おれ》らが入ったら良いことでもあるのか？」

そう尋《たず》ねると、福本はわかりやすく動揺《どうよう》して、もごもごと話し始めた。

「誰《だれ》かを塾《じゅく》に勧誘《かんゆう》できたら、陽明ポイントが入るんだよ」

「陽明ポイント？」

案の定、一気にうさんくさい用語が出てきた。

「陽明ポイントが貯《た》まると、塾《じゅく》の月謝《げっしゃ》が安くなるんだよ」

そう説明したのは、黙《だま》っていた山木さんだった。

「なーんだそういうことかよ」

要するに、月謝《げっしゃ》を安くしたくて『絶対成績《ぜったいせいせき》が上がる』なんて大げさなことを言ったんだろう。やり方がへたなセールスマンを見ているみたいで、むしろあわれさすら感じてしまう。

「だって、母ちゃんがさ、陽明クラスにも入れないのにこれ以上無駄《むだ》じゃないかとか言い出してさ、陽明塾《じゅく》って他《ほか》んとこより月謝《げっしゃ》高いんだよ。だから……」

「陽明クラスっていうのは何？」

その時、杜屋が山木さんに向かって尋《たず》ねた。

「陽明クラスは……塾長《じゅくちょう》の陽明先生に直接《ちょくせつ》教えてもらえる、成績優秀者《せいせきゆうしゅうしゃ》のための特別なクラス。ここに入れると月謝《げっしゃ》も無料で――」

「山木さんって陽明クラスだよな！　やっぱり陽明先生に直接《ちょくせつ》教えてもらわないと意味ないんかなー！」

山木さんの言葉をさえぎるようにして、福本が言う。……ということは、結局いちばん上のクラスに入らなくちゃ意味がないんじゃなかろうか。となると、絶対《ぜったい》に成績《せいせき》を上げるためには、成績優秀者《せいせきゆうしゅうしゃ》になっていちばん上のクラスにならなくちゃいけないわけで……。結局、最初からある程度《ていど》勉強ができないといけないいんじゃないか。

「そろそろいいかな。私《わたし》、自習したくて」と、山木さんが突然《とつぜん》言う。

「あ、ごめんごめん呼《よ》んじゃって。俺《おれ》もトイレ行ってくるわ。体験入塾《にゅうじゅく》行くなら紹介者《しょうかいしゃ》のとこに『福本』って書いてくれよな！」

そう言って、二人があっという間にいなくなり、俺《おれ》と杜屋だけが取り残された。仮《かり》に体験入塾《にゅうじゅく》に行くとしても、紹介者欄《しょうかいしゃらん》には『山木つぼみ』と書いてやろうと決める。あ、でも、山木さんは『陽明クラス』だから、塾代《じゅくだい》の心配はないわけか。

「んで、どう思うよ」

俺《おれ》は隣《となり》でニコニコ聞いていた杜屋に向かって尋《たず》ねた。

「どう思うって言われても……良い塾《じゅく》なんだね」

それは俺《おれ》もそう思うけれど、そうじゃない。

「杜屋が来たってことは気になることがあったんだろ。何かあるのか？」

「今のところはわからない。山木さんのようすが少し気になるけれど、この年頃《としごろ》の中学生は不安定だからね」

まるで自分がこの年頃《としごろ》の中学生ではないような顔をして杜屋が言う。

まあでも、山木さんは陽明塾《じゅく》とやらで頑張《がんば》っているようだし、俺《おれ》が変に心配するのも違《ちが》うだろう。俺《おれ》が心配するべきなのは、むしろ自分の成績《せいせき》のほうだ。

ふと、好奇心《こうきしん》が頭をもたげて、俺《おれ》は杜屋に尋《たず》ねる。

「お前ってやっぱりテストの成績《せいせき》も良いの？」

「僕《ぼく》だってそうパッとしない成績《せいせき》だよ。こんなところで習うものは退屈《たいくつ》だし、好きじゃない」

「あー、そうなんだ。俺《おれ》も勉強嫌《きら》い」

俺《おれ》は少しウキウキした気持ちで言う。あの杜屋も勉強嫌《ぎら》いだとは。たしかに、難《むずか》しい本を読んでいるということと成績《せいせき》が良いというのはイコールじゃないのだ。

「写真記憶《きおく》ができても？　ああでも、君は自分の興味《きょうみ》があることしか覚えられないんだったっけ」

「校内の自販機《じはんき》のマップと在庫《ざいこ》の数はスッと覚えられるんだけどな」

「大事な脳《のう》の容量《ようりょう》をそんなことに使っていいのかな……」

「お前、黒豆茶好きなんだろ。グラウンド横の目立たない自販機《じはんき》にあるから昼休み行こうぜ」

気分の良さのままに、俺《おれ》は杜屋に提案《ていあん》する。すると杜屋はふっと表情《ひょうじょう》をゆるませた。年《と》頃《ごろ》の中学生らしい表情《ひょうじょう》だった。

果たして、中間テストで杜屋は一位を取った。

「パッとしない成績《せいせき》だって言ってたくせに」

「パッとしないだろ。素数《そすう》（＊3）でもないし」

杜屋はそう言ってにやりと笑った。……俺《おれ》はこいつのこういうところが嫌《きら》いだ。

そして、山木さんは五十二位だった。

＊3「素数《そすう》」…1よりも大きい整数で、1とその数以外に約数をもたないもの。1は素数《そすう》ではない。

第四章

陽明塾《ようめいじゅく》と山木《やまき》さん

塀戸《べいど》中では上位五十名が成績優秀者《せいせきゆうしゅうしゃ》とされる。五十位以内に入ったからといって、結果表の名前欄《らん》に赤枠《あかわく》が付けられるだけだが、うれしいことはうれしいだろう。俺《おれ》だったら普通《ふつう》に自慢《じまん》すると思う。山木さんは、その栄《は》えある成績優秀者《せいせきゆうしゅうしゃ》まであと一歩というわけだ。

それなのに、テストの結果表を受け取った山木さんは真っ青な顔をしていた。前回の六十二位からさらに十位も順位が上がっているというのに、不思議だ。

気になる俺《おれ》の順位は百五十位。学年が二百六十三人だから、真ん中より少し下くらいだ。それに比《くら》べたら、大いばりして良い成績《せいせき》だと思う。

それなのに山木さんは、席に着いてもまだぶるぶる震《ふる》えていた。まるで誰《だれ》かに脅《おど》されてでもいるかのようだ。

このところ、山木さんが休み時間に誰《だれ》かと話しているところを見ない。ずっと自習をしているので、以前からの友達《ともだち》も山木さんに気軽に話しかけられなくなっているようだ。他《ほか》の教室に移動《いどう》する時も、山木さんは単語カードをめくって一つでも何か単語を覚えようとしている。

おまけに、山木さんは写真部までやめてしまっていた。

「塾《じゅく》の勉強が忙《いそが》しくなるからって言って退部《たいぶ》したよ」

写真部の部長が寂《さび》しそうな声でそう言っていた。

これは正直、おかしいと思う。そんなに必死に勉強しなくちゃいけないものだろうか？部活に入っていない俺《おれ》が言うのもなんだけれど、中学生ってもっと自由でいい気がする。

山木さんの丸い目は眠《ねむ》さからか細められ、顔色がどんどん悪くなっていった。

俺《おれ》はそんな山木さんが心配でしかたがなかった。おせっかいと思われてもいい。あの塾《じゅく》の話をしている時の山木さんは、明らかにようすがおかしかった。今もおかしい。

「なあ、絶対《ぜったい》山木さんおかしいよな」

俺《おれ》はすぐさま杜屋《もりや》に言う。

「まあ、そうだね」

「『そうだね』じゃないだろ。なんとかできないか？」

俺《おれ》は期待を込《こ》めて言ったが、杜屋の反応《はんのう》は冷たかった。

「彼女《かのじょ》に何かあったのはわかるけれど、現時点《げんじてん》で僕《ぼく》ができることは何もないよ」

「でもさ、おかしなことになってることだけはわかるじゃん。山木さんのこと……励《はげ》ましたり？　できないか？」

「少し勘違《かんちが》いしているようだけど」

飲んでいた黒豆茶を置いて、杜屋が静かに言う。

その様がなんだかとても冷たく見えて、俺《おれ》は少し気おされた。

「困《こま》っている人を誰彼構《だれかれかま》わず助けるのが僕《ぼく》の目的じゃない。もちろん、できることやるべきことは行うけれど、今の山木さんにできることなんて何もないからね」

「あるだろ、ほら……励《はげ》ますとか」

さっきと同じことを言っているのは、記憶力《きおくりょく》が良くなくてもわかる。でも、それ以外に何をすればいいのか思いつかない。こういう時、杜屋ならきっとうまいことを言ってくれるんだろうと思っていたのに、杜屋はとても薄情《はくじょう》だった。

「励《はげ》ますのなら君でもできるよ。頑張《がんば》って尊《たける》くん」

「せめて一緒《いっしょ》に行かねえ？　お前得意だろ、話すの」

「最近ちょっと忙《いそが》しいんだ。ごめんね」

そう言って、杜屋が笑った。

中間テストが終わってからというもの、杜屋はなんだか付き合いが悪くなった。一緒《いっしょ》に帰ろうと誘《さそ》っても乗ってこなくなったし、部活めぐりのほうもやめてしまったようだ。いったい何をしているのか見当もつかないのが、悲しいしムカつく。

「そうかよ。じゃあ俺《おれ》が一人で山木さんを元気にしてくる」

「頑張《がんば》ってね」

他人事《ひとごと》のような言葉に、さらにイラッとする。杜屋が動かないのならしかたない。俺《おれ》が、俺《おれ》だけの力で山木さんを助けてやる。


……と決めたものの、俺《おれ》はとぼとぼと歩いている山木さんを後ろからこっそりつけることしかできなかった。

放課後、俺《おれ》は暗い顔をして教室を出る山木さんを追いかけ——なんて言葉をかけようかと迷《まよ》っているうちに、こうしてストーカーのごとく後をつけることになってしまったのだ。

いったいこういう時はなんて言えばいいんだろうか？　まずは事情《じじょう》を聞いて、最近落《お》ち込《こ》んでいることはないかとも言って、悩《なや》みを聞き出したらそれを解決《かいけつ》できるようにアドバイスをして――俺《おれ》にそんなことがスマートにできるんだろうか？

しかし……こうして後ろから見ていると、山木さんはいよいよなにか危《あぶ》ない気配がした。足取りは酔《よ》っ払《ぱら》ってでもいるみたいだし、後ろから雑《ざつ》についてくる俺《おれ》に気づかないのもおかしい。何度かふらふらと車道に吸《す》い込《こ》まれそうになっていて、そのたびに肝《きも》が冷えた。

教室を出てから一時間以上経《た》っているのに、山木さんは家に帰るようすがない。このまま例の塾《じゅく》に行くのかと思ったが、そういうわけでもなさそうだ。

日も暮《く》れてきて、女子中学生がフラフラするのには危険《きけん》な時間になっても、一向に山木さんが帰るようすはない。最初は話しかけられなくてしかたなくついてきていたけど、これじゃ帰るに帰れなくなってきてしまった。

細い道に分け入り、工事中の看板《かんばん》が出ている道を迂回《うかい》し、やがて、山木さんは大きな陸橋にたどり着いた。山木さんがボーッとした表情《ひょうじょう》で、遠くの景色を眺《なが》めている。

もしかすると、山木さんは勉強のしすぎで少し疲《つか》れてしまったのかもしれない。それで、こんなところまで散歩に来てしまったのだ。

話しかけるなら今かもしれない。俺《おれ》の家が近くだということにして、偶然《ぐうぜん》を装《よそお》って話しかけよう。

そう思った矢先だった。

じっと陸橋の向こう側を見ていた山木さんが、ゆっくりと柵《さく》の向こうへと足を掛《か》ける。そのまま勢《いきお》いを付けて跳《は》ねると、山木さんの身体《からだ》はすっかり柵《さく》を乗《の》り越《こ》えてしまった。

この陸橋はそこそこの高さがある。校舎《こうしゃ》の三階から飛《と》び降《お》りたらどうなるか……俺《おれ》はあんまり想像《そうぞう》したくない。

「山木さん！」

俺《おれ》が叫《さけ》ぶと、山木さんが振《ふ》り向《む》いた。

もっと驚《おどろ》かれてもおかしくないだろうに、山木さんはぼんやり俺《おれ》のことを見つめるばかりだ。俺《おれ》が誰《だれ》かもわかっていないかもしれない。それでも、俺《おれ》は一生懸命《いっしょうけんめい》声を掛《か》ける。

「そんなところで何してるんだよ！　危《あぶ》ないぞ！」

「…………」

返事がない。山木さんの目には俺《おれ》へのうっとうしさすら感じられた。

本気なんだ。山木さんはここから飛《と》び降《お》りようとしている。

背筋《せすじ》に寒気が走った。今のところ、山木さんは俺《おれ》のほうを見てくれている。この間になん

とかするしかなかった。

「なあ、考え直せって。どうしてこんなことするんだよ？　こんなところから落ちたら……確実《かくじつ》に骨折《ほねお》るだろうし」

全然うまい言葉が出てこない。山木さんの心にはまったく響《ひび》いてなさそうだ。ややあって、山木さんがぽつりと言った。

「私《わたし》、五十位以内に入れなかった」

「……は？」

思わず間の抜《ぬ》けた声が出る。

「陽明先生と約束したのに！　五十位以内に入れなかったの！　私《わたし》は——馬鹿《ばか》だから。先生にもらった最後のチャンスすら生かせなかった！」

五十位以内？　たしかに入ってなかった、入ってなかったけど、ほめられる成績《せいせき》ではあったはずだ。内部進学にも問題ないし、外部の高校も受けられる。それなのに何でだ？

「私《わたし》——陽明クラスから落ちそうなの」

山木さんの目からぼろぼろと涙《なみだ》があふれていく。

「陽明クラスは塾《じゅく》でも上位三十五人しか入れないクラスで……学校の成績《せいせき》と塾《じゅく》内テストを

考慮《こうりょ》して入れてもらえるんだけど……」

三十五人。塾《じゅく》内でそれに入れるだけですごいだろうに、山木さんは少しもうれしそうじゃない。

「……私《わたし》、塾《じゅく》内テストでも落ちこぼれで。せめて学校のテストでは成績優秀者《せいせきゆうしゅうしゃ》に選ばれないといけなかったのに……入れなかった」

「でも五十二位だろ⁉　十分すごいって！」

「陽明先生はそんなの認《みと》めない。また怒《おこ》られる！」

山木さんは信じられないくらい大きな声で叫《さけ》んだ。

「私《わたし》、もういいの。私《わたし》みたいな馬鹿《ばか》がいると、陽明クラスのみんなにも迷惑《めいわく》をかけちゃう。もう……こうするしかない」

山木さんが足を踏《ふ》み出《だ》す。

ふわっと彼女《かのじょ》の身体《からだ》が宙《ちゅう》に浮《う》いた。

どうすればいい？　駆《か》け寄《よ》っていこうにも、柵《さく》の向こうまでは間に合わない。瞬間記憶《しゅんかんきおく》能力《のうりょく》なんか、こんな場面ではまるで役に立たない。それどころか、俺《おれ》は一生この光景を忘《わす》れられないだろう。

俺《おれ》はどうにか手を伸《の》ばす。全然届《とど》かないのに走り出す。

山木さんの身体《からだ》がスローモーションで落ちていく。

彼女《かのじょ》の姿《すがた》はすぐに見えなくなった。

絶望《ぜつぼう》にどっぷり浸《つ》かりながら、俺《おれ》はようやく山木さんの飛《と》び降《お》りた場所へとたどり着いた。そして、柵《さく》の向こう側をのぞき込《こ》んだ。

「山木さん!!!!」

だが、そこには俺《おれ》の予想した光景は広がっていなかった。

山木さんの身体《からだ》はトラックの荷台の上に載《の》っていた。ショックで気を失っているものの、ちゃんと生きている。それを見て、ひざから崩《くず》れ落《お》ちそうなほど安心した。

トラックのかたわらには見慣《みな》れた人物が立って、俺《おれ》に笑顔《えがお》を向けている。

「やあ、良い夜だね。尊くん」

杜屋だった。

一瞬遅《いっしゅんおく》れて、山木さんが目をさます。杜屋は「運転手さんが戻《もど》ってくるから」と俺《おれ》たちを急《せ》かし、トラックから見えない陸橋の裏側《うらがわ》に移動《いどう》させた。

「杜屋くん……？　どうしてここに？　それに、私《わたし》……どうして助かったの？」

「タイミング良くトラックが通りかかったからだよ」

「嘘《うそ》だ。お前、何かしただろ！」

俺《おれ》が言うと、杜屋はいつもの微笑《ほほえ》みを浮《う》かべながら言った。

「ここの辺りは細い道が多くてね。一本使えなくなるとルートがある程度《ていど》固定されるんだ。このトラックは近くのスーパーに商品を届《とど》けに行くトラックで、毎日午後七時にこの辺りを通るんだけど――近くの道路が工事中でここを通るしかなかったんだ」

俺《おれ》はここに来る時に見かけた工事中の看板《かんばん》を思い出す。

あの看板《かんばん》だったら、誰《だれ》でも動かせたはずだ。その看板《かんばん》を疑《うたが》う人間がどれだけいるだろうか？　俺《おれ》も山木さんもあれを見て迂回《うかい》したんだから――。

「ここで停《と》まってたのは？」

「それを説明するのは少し長い話になるんだけれど」

そう言って杜屋が渋《しぶ》ろうとするので、俺《おれ》は少しムッとしながら言う。

「探偵《たんてい》っていっつもそうやってごまかそうとするよな。五時間でも六時間でも聞いてやるからさっさと話せよ。渋《しぶ》られたってどうせこっちは気になるんだからさ」

「はっきり言われると、ふふ、正直かなり面白《おもしろ》い」

そう言って、不意に杜屋が真面目《まじめ》な顔になった。

「尊くんは『猫《ねこ》の手ドットコム』って知ってる?」

「ネット広告で見たことある気するな。知らない人が雑用《ざつよう》やってくれるってサービスのことだろ」

「そうそう。特徴的《とくちょうてき》なのは、運営《うんえい》会社に所属《しょぞく》する社員じゃなく、審査《しんさ》を受けてこのサービスに登録した一般《いっぱん》の人たち――『猫《ねこ》の手パートナー』が本業とは別の副業として仕事を引き受けるってところ」

そういったサービス自体はあんまりめずらしくない。有名どころだと、食べ物のデリバリーなんかがそういった形態《けいたい》で運営《うんえい》されている。俺《おれ》の家でも何回かそれで行きつけの店のものを運んでもらったことがあったはずだ。

「猫《ねこ》の手パートナーはたくさん登録されているんだよ。だから、指名されるようにプロフィールを充実《じゅうじつ》させるんだ。依頼人《いらいにん》が頼《たの》みたい仕事とマッチするようにね。このトラックのドライバー、沼田《ぬまた》さんもしっかりとプロフィールを埋《う》める人だったよ」

ということは、このドライバー……沼田さんも猫《ねこ》の手ドットコムに登録して副業をやっている人なんだろう。

「じゃあ、猫《ねこ》の手ドットコムから沼田さんに依頼《いらい》を出して、ここに停車してもらってたのか？」

「そんな怪《あや》しい依頼《いらい》を受けてもらえるわけないでしょ。中学生の自殺を止めるために社用のトラックを使うっていうのも難《むずか》しいだろうし」

「じゃあ——」

「沼田さんのプロフィール写真は、ふだん乗っているこのトラックが写っていた。それで、彼《かれ》の勤《つと》め先《さき》がわかった。配送トラックの横に運転手さんの電話番号が書いてあった。猫《ねこ》の手ドットコムのプロフィールページには自己紹介欄《じこしょうかいらん》があるんだけどね、そこにはＳＮＳのアカウントのリンクが貼《は》ってあったよ。そこから飛んだアカウントのプロフィールには、メールアドレスが載《の》っていた」

芋《いも》づる式《しき》に引き出されていく個人情報《こじんじょうほう》に恐《おそ》ろしいものを感じたが、正直それぞれを抜《ぬ》き出《だ》してみたらなんてこともない話だ。普通《ふつう》だと思う。俺《おれ》だってＳＮＳに個人情報《こじんじょうほう》がわかるような投稿《とうこう》なんかいくらでもしているし。

……でも、杜屋みたいに積極的に情報《じょうほう》を集めようとしているやつの前にそれを広げていると、こうやって色々なものをつなげられてしまうのだ。寒気がした。

「沼田さんのSNSには、半年前に事故《じこ》を起こして生活が苦しいことが綴《つづ》られていた。僕《ぼく》らと同じ年頃《としごろ》の子どもがいるらしいよ」

「あんまり人の心のやわらかいとこに触《さわ》るなよ……」

「期待をかけずにはいられないんだろうね。彼《かれ》はSNS上での『お金配り』にも応募《おうぼ》していたんだ」

「あれ？　なんか……拡散《かくさん》したりとか、何か入力したりしたら、十万円プレゼントみたいなやつ。俺《おれ》も一回やろうとしたことある」

「あれは九分九厘《くぶくりん》、詐欺《さぎ》だよ。赤の他人《たにん》にお金を配ることに何の意味があると思ってるの？」

「夢《ゆめ》のないやつだな。もしかしたら一個《こ》くらい本物があるかもしれないだろ」

「そうだね。たとえば、沼田さんのアカウントに送られてきたメッセージみたいにね」

そう言って、杜屋がスマホの画面を見せてくる。そこにはさっきまで見ていたSNSのメッセージボックスが表示《ひょうじ》されていた。見知らぬアカウントが沼田さんのアカウントに宛《あ》てて
『おめでとうございます！　十万円プレゼントキャンペーンに当選しました。本人確認《かくにん》のた

めに携帯《けいたい》の番号と振込口座《ふりこみこうざ》を入力してください。後ほど電話がかかってきます。もしその電話に出られなかった場合、今回の当選は無効《むこう》となりますのでご注意ください』……。

「沼田さんは今日の昼にこのメッセージを読んで電話番号を送り返してきた。それからずっとスマホを気にしていたはずだよ。ドライバーは運転中に電話を取れないから、掛《か》かってきたら慌《あわ》てて車を停《と》めたんだよ」

「……なるほどな」

もしその電話を取れなかったら、当選が無効《むこう》になってしまう。だから、沼田さんは何が何でも電話を取らなくちゃならなかったのだ。

「電話を受けた沼田さんが近くのコンビニに残高を確認《かくにん》しに行ったのは予想外だったけどね……。でも、このタイミングで子どもが落ちてきた偶然《ぐうぜん》を言《い》い訳《わけ》しなくてよくなったのは助かったよ」

「それかわいそうじゃないか？　だって結局騙《だま》されてるんだし。コンビニでがっかりしてるんじゃ……」

「そうかな？　ちゃんと振《ふ》り込《こ》まれてるよ？」

「え？」

「彼《かれ》の口座《こうざ》に十万円は振《ふ》り込《こ》んでおいた」

杜屋があっさりと言った。

それじゃあ……杜屋は騙《だま》してなんてなくて……いや、騙《だま》してはいて……。頭がぐるぐる回った末に、俺《おれ》の口から出たのは「お前って金持ちなんだな……」という一言だった。十万円、想像《そうぞう》もできない額《がく》だ。

「工夫《くふう》すれば尊くんでも稼《かせ》げる額《がく》だよ。さて、配達《はいたつ》には間に合うと思うんだけど。余裕《よゆう》を持って配達《はいたつ》をする人だから」

気づけば、沼田さんのトラックはすでに走り去っていた。……沼田さんはこの日を、ただの超絶《ちょうぜつ》ラッキーな日として記憶《きおく》するだろう。

「この辺りの道とか、毎日通るトラックのこととか、沼田さんのこととか……いつの間に調べたんだ？」

「言っただろ？　最近忙《いそが》しいって」

それじゃあ、俺《おれ》がこんなことをやる前に、すでに杜屋は行動に移《うつ》していたということなのか。そう思っていると、心の内を察したらしい杜屋がうなずく。

「ここ最近の山木さんがおかしいのは、お互《たが》いにわかってただろう？　山木さんは塾《じゅく》に行く前にこの陸橋まで来て、じっと物思いにふける習慣《しゅうかん》ができていた。あれは自殺のシミュレーションなんだろう、と容易《ようい》に察しがついたよ」

自殺、という恐《おそ》ろしい単語に青ざめる。杜屋がトラックを仕込《しこ》んでおいてくれなかったら、山木さんは死んでしまっていたかもしれない。そのことが本当に——怖《こわ》かった。

「どうしてやる前に止めなかったんだよ！」

「思《おも》い詰《つ》めた人間を止められると思う？　現《げん》に君も止められなかったじゃないか」

「それは…………」

俺《おれ》は言葉に詰《つ》まる。

「こういう時は、いったん思うままにやらせてあげたほうがいいんだよ」

あっけらかんと言う杜屋に俺《おれ》はちょっとばかり引いてしまいそうになったが、今の山木さんの落ち着きぶりを見ると、杜屋の言葉が正しかったとわかる。さっきの山木さんは俺《おれ》の言葉なんかまったく耳に入っていないようだった。山木さんは杜屋のほうを向いて言った。

「そっか……正直、何がなんだか全然わからないけど……杜屋くんには、私《わたし》の考えていたことはお見通しだったんだね」

俺《おれ》も気づいてたけど？という言葉が出そうになったが、話がややこしくなりそうなのでやめた。山木さんも杜屋のことばかりじっと見つめているし。……別にいいけど、若干《じゃっかん》思うところがある。

山木さんに向かって、杜屋が優《やさ》しく微笑《ほほえ》みかけた。

「答え損《そこ》ねた『どうしてここにいるか』という疑問《ぎもん》だけど、それは尊くんが僕《ぼく》の助手だからだ」

「助手……？」

「僕《ぼく》はこの世界を良くするためのコンサルタントをやっているんだ。君みたいな善良《ぜんりょう》な中学生が命を絶《た》つまで追《お》い詰《つ》められるのは間違《まちが》っている」

「そうだ。俺《おれ》だって、山木さんがこんなふうになっているのはおかしいと思うよ」

そう言うと、山木さんがようやく俺《おれ》のほうを見た。目には光がなく、記憶《きおく》の中の山木さんとはまるで別人である。

「和登《わと》くん……そうか、和登くんが陽明塾《じゅく》に興味《きょうみ》を持っていたのって、私《わたし》を心配して……？」

最初はそういうわけでもなかったが、俺《おれ》はうなずく。山木さんは小さな声で「そうなんだ……ありがとう」と言った。そんな場合でもないのに、なんだか妙《みょう》に心が温かくなった。

「でも、結局は私《わたし》の弱さがいけないの。成績《せいせき》が上がらなかったから……」

「それがおかしいよ。成績《せいせき》が悪くたって、そんなの死ぬ理由なんかにならない」

「私《わたし》は嘘《うそ》をついて、約束を破《やぶ》って、陽明先生の大切な時間を奪《うば》ってしまった。だから、責任《せきにん》を取らなくちゃならないんだよ」

山木さんの口調は、まるで決められたセリフを読んでいるようで、不気味だった。まるで後ろに誰《だれ》かがいて、山木さんに言わせているような……そんな感じだ。

「陽明先生は……とても素晴《すば》らしい先生なんだよ。私《わたし》は、先生の授業《じゅぎょう》を受けられるだけで他《ほか》の人たちより恵《めぐ》まれてるんだ。なのに、成績《せいせき》を上げられないなんて、他《ほか》の人たちに申《もう》し訳《わけ》ない。申《もう》し訳《わけ》ないから……死なないと、」

「もういい」

杜屋がさえぎるように言った。いつも冷静な杜屋が、めずらしく苦しげに眉《まゆ》を寄《よ》せている。

「誰《だれ》にそんなことを言われたの？　例の『陽明先生』かな？」

山木さんがまた瞳《ひとみ》に涙《なみだ》を溜《た》めたまま うなずいた。

「……そんなひどいこと言われたのかよ。ただの塾《じゅく》の先生に？」

「でも……陽明先生はすごい人なんだよ。本当は、私《わたし》みたいな落ちこぼれじゃ……」

「どれだけすごい人であっても、君にそんなことを言う権利《けんり》はない」

杜屋がきっぱりと言う。

「**陽明塾《じゅく》は正しくない。なら、僕《ぼく》らが潰《つぶ》す**」

「何言ってるの？　そんな……陽明塾《じゅく》を潰《つぶ》すだなんて」

山木さんがおびえと期待の混《ま》じった表情《ひょうじょう》で杜屋を見る。だが、杜屋はまったく揺《ゆ》らがなかった。

「僕《ぼく》らならできる。なぜならそうしなければならないからだ」

杜屋の言葉は力強くて、夜空を裂《さ》く星のように輝《かがや》いている。その光に引きずられて、山木さんの目に段々《だんだん》と光が戻《もど》ってきた。

「さしあたって、まずは陽明塾《じゅく》に入ろうか。虎児《こじ》を得るならやはり虎穴《こけつ》に入らないとね」

「えっと……実際《じっさい》に行くってことか？　塾《じゅく》に？」

「その通りだよ。大丈夫《だいじょうぶ》。陽明クラスは月謝《げっしゃ》がかからないそうだから。三十五人の中に入れば問題ない」

杜屋が当たり前のように言う。

「そもそも、陽明先生とやらに会わなくちゃいけないんだから、その意味でも陽明クラスに入らないとだろ?」

「それはそうだろうけどな……」

「尊くんには少し頑張《がんば》ってもらわないとね」

杜屋がにっこりと笑った。

第五章

入《にゅう》塾《じゅく》テスト

そこからは正直、めちゃくちゃしんどかった。

陽明塾《ようめいじゅく》には入塾《にゅうじゅく》テストがあり、まずはそこでテストを受けてから各クラスに振《ふ》り分《わ》けられるらしい。そうして、配置されたクラスの目標を説明されてから、塾《じゅく》との契約《けいやく》に進む。

「入塾《にゅうじゅく》テストは塾《じゅく》内の定期テストも兼《か》ねていて、陽明塾《じゅく》の塾生《じゅくせい》全員と順位を競《きそ》うことになる。その順位が三十五位以内だったら、陽明クラスに入れるというわけだね」

もうすでにシステムを把握《はあく》している杜屋《もりや》が、そう説明する。

「入塾《にゅうじゅく》テストで三十五位以内に入る人なんてほとんどいないから……このテストで入れ替《い》えが行われることなんてめったにないんだけどね。たいていは一個《こ》下の特進クラスの子と入《い》れ替《か》えになる」

陽明クラスに所属《しょぞく》している塾生《じゅくせい》は、仮《かり》に塾《じゅく》内テストで三十五位以内に入れなくても、一《いち》応《おう》一定の猶予《ゆうよ》期間が与《あた》えられるらしく、山木《やまき》さんはその期間内になんらかの成果を出すことで、陽明クラスに残してもらえるはずだったみたいだ。

「でも、たぶんもうだめ。二人が陽明クラスに入るなら、私《わたし》はたぶん追い出されると思う。特進クラスに入れてもらえるかもわからないから、準《じゅん》特進クラスになるかな……」

山木さんが力なく笑って言った。

「塀戸《べいど》中学に入る少し前にお父さんが事故《じこ》で死んじゃって……今はお母さんが一人で私《わたし》のことを育ててくれてるの。だからあんまりお金に余裕《よゆう》がなくて……。塀戸中に合格《ごうかく》した時、お父さんがすごく喜んでくれたから、塀戸中はやめさせたくないって」

だからこそ、塾《じゅく》に通いたいなんて言えなかった――と、山木さんが続ける。

「小学校の時は勉強がすごくできたの。でも、塀戸中に入ったらそんなのは当たり前で、みんな頭が良かったから……焦《あせ》っちゃった。どうしても塾《じゅく》に通いたくて、見つけたのが陽明塾《じゅく》。陽明クラスに入れば塾代《じゅくだい》は無料だっていうし、絶対《ぜったい》に成績《せいせき》が上がるらしいし」

そうして、山木さんは死にものぐるいで勉強したそうだ。入塾《にゅうじゅく》テストでは特進クラスに入り、通常《つうじょう》より安い月謝《げっしゃ》で塾《じゅく》に通うことができた。授業《じゅぎょう》はわかりやすく、入塾《にゅうじゅく》テストに向けて一生懸命《いっしょうけんめい》勉強した分成績《せいせき》も上がった。

そしてついに、山木さんは陽明クラスに上がることができたのだ。

「お母さんはすごく喜んでくれた。塾《じゅく》のいちばん上のクラスになったことも、塾代《じゅくだい》の免除《めんじょ》も、学校の成績《せいせき》が上がったことも。うれしかったなあ……でも……陽明クラスに入って、全部変わっちゃった」

陽明クラスはたしかに塾代《じゅくだい》は無料だが、その分塾長《じゅくちょう》の寺田《てらだ》陽明による厳《きび》しい指導《しどう》が入るらしい。内容《ないよう》を詳《くわ》しく聞こうとしたのだが、山木さんはこの話になると口が重くなって、震《ふる》えはじめた。

「ごめんなさい……ちゃんと思い出そうとしてるんだけど……記憶《きおく》があいまいで……」

「それは、山木さんが自分を守ろうとしているんだよ。気にしなくていい」

杜屋が優《やさ》しく言うと、山木さんはうなずいてから続けた。

「授業中《じゅぎょう》に質問《しつもん》に答えられなかったりすると、信じられないくらい怒《おこ》られるの。陽明クラスにふさわしくない。陽明先生の期待を裏切《うらぎ》ったって。テストの時もそう。どうして間違《まちが》えたのか、なんでもっと勉強しなかったかって怒《おこ》られる。だから私《わたし》……必死で勉強したんだけど……。夜眠《ねむ》ろうとすると、陽明先生の怒鳴《どな》り声《ごえ》を思い出して、寝《ね》ている場合じゃないのにって思っちゃって……」

それがどれだけ身体《からだ》によくないかは、俺《おれ》でもわかる。寝《ね》る間を惜《お》しんで勉強するのは、少なくとも中学生がやるようなことじゃない。

「寝《ね》れなかったらもっと覚えられなくなるんじゃないのか？」

「和登《わと》くんの言う通り。だから、塾《じゅく》内テストの成績《せいせき》も下がっちゃったのかな。陽明クラスから追い出されたらどうしようって、それぱっかり考えてた。お母さんも私《わたし》のこと、すごく心配してくれてたのに」

改めて、さっきのことにぞっとする。夫を……パートナーを事故《じこ》で亡《な》くしたのに、その上娘《むすめ》までいなくなってしまったら――。……山木さんのお母さんは耐《た》えられなかっただろう。

「君に今必要なのは、ゆっくり休むことだ」

杜屋の言葉を聞いて、山木さんがうつむく。

「たぶん……そうなんだと思う。でも、私《わたし》はまだ……陽明クラスの一員。落とされるまでは、あの塾《じゅく》に行く」

山木さんが顔を上げた。

「二人がいるなら、私《わたし》もあの塾《じゅく》に行く勇気が出るはずだから」

山木さんの言葉はうれしかったが、そうして勇気を出さなければいけないほど、あの塾《じゅく》をやめるのは難《むずか》しいことなんだろうか。もし『陽明先生』が嫌《いや》なら、さっさと逃《に》げ出《だ》せばいいのに。まるで今の山木さんは、刑務所《けいむしょ》か何かに囚《とら》われてしまっているように見える。

「……どうしてやめられないのかって思ってるでしょ」

不意に、山木さんが言った。

「私《わたし》にもわからないんだ。……塾《じゅく》で陽明先生に怒《おこ》られていると、それ以外何も考えられなくなってくるから。ただ、もう怒《おこ》られたくない、結果を出さなくちゃでいっぱいになる」

「たぶん、今の山木さんみたいな人が他《ほか》にも陽明クラスにはいるんじゃないかな。もしかすると、特進クラスにも……」

杜屋の言葉を聞いて、またも山木さんはうつむいてしまった。

「……私《わたし》みたいにきつく当たられている人はそうかもしれない。特進クラスの塾生《じゅくせい》はみんなそれこそ陽明クラスに上がれるよう必死かな」

どちらにせよつらそうな話だ。陽明クラスにいる人たちは落ちないように気を張《は》ってなくちゃいけないし、特進クラスは上を目指してギラギラと頑張《がんば》らなくちゃいけない。中学生がそんなことを本当にしなくちゃいけないんだろうか。

しばらくの沈黙《ちんもく》の後に、山木さんが言った。

「私《わたし》以外にも、自殺しようとした塾生《じゅくせい》がいるんだ」

空気が冷えた。

「陽明クラスから特進クラスに落ちて、数日後には歩道橋から飛《と》び降《お》りてた。一命は取《と》り留《と》めたけど、今も意識《いしき》不明のままでいる」

杜屋は黙《だま》って山木さんのことを見つめている。

「その話を聞いた時……私《わたし》、思っちゃったんだよね。そうすれば、私《わたし》も陽明塾《じゅく》から逃《に》げ出《だ》せるんだって」

山木さんは、それからまた声を上げて泣き始めた。


これまでの情報《じょうほう》だけでも、陽明塾《じゅく》は地獄《じごく》みたいな場所だ。

それなのに、俺《おれ》は嫌《きら》いな勉強をしてまでその地獄《じごく》に飛《と》び込《こ》まなくちゃならないのである。

なんだか悪い冗談《じょうだん》みたいな話だった。

けれど、山木さんの話を聞いて見過《みす》ごすわけにもいかなかった。

僕《ぼく》たちは陽明塾《じゅく》を潰《つぶ》す。——**僕《ぼく》たちならできる。**

杜屋がそう言ってくれたことが、正直俺《おれ》にはとてもうれしいことだったのだ。

さて、そのために俺《おれ》がやらなくちゃいけないのは、入塾《にゅうじゅく》テストのための勉強だった。

「今回はただ単に塾《じゅく》に入ればいいわけじゃなくて、陽明クラスに入らなくちゃ意味がないからね」

杜屋が釘《くぎ》を刺《さ》すような口調で言う。この間の中間テストの結果を聞いて、杜屋の俺《おれ》に対する信頼度《しんらいど》はずいぶん下がってしまっているようだった。

「しかたないだろ。別に良い成績《せいせき》を取れって指示《しじ》されてなかったし、こういうことになるだなんて思ってなかったし」

「こういうことにならなくても、日頃《ひごろ》から勉強はするべきだと思うけどね……」

正論《せいろん》を言われたので、俺《おれ》は杜屋の言葉を無視《むし》することにした。耳が痛《いた》くなってしまう。

「集中して写真記憶《きおく》を使うんだ。教科書をそのまま覚えれば、ある程度太刀打《ていどたちう》ちできるだろう」

「って言ってもさ、興味《きょうみ》の持てないことだと結構《けっこう》時間かかるんだよ。一ページ一ページ明治時代くらいのふっる～いカメラで撮影《さつえい》していくのを想像《そうぞう》してみろって。だるいだろ？」

「深層心理《しんそう》では覚えているはず。あとはそれを引き出すだけ。いざという時なんだからちゃんと頑張《がんば》って」

「あと、数学とかの暗記科目じゃないやつは手も足も出ないぞ」

「それは僕《ぼく》ができる限《かぎ》り教えよう」

「…………えー……」

「えー、じゃないよ。そもそも数学だってある程度《ていど》まで暗記科目なんだ。あとはそれを適切《てきせつ》に当てはめるだけで……」

俺《おれ》は教科書とにらめっこさせられながら、杜屋の数学講義《こうぎ》を受けた。これはこれで地獄《じごく》の日々だ（ちなみに、杜屋は教科の中で数学がいちばん好きらしく、将来《しょうらい》は数学を研究したいと言っていた。俺《おれ》からしたら信じられない話だ）。

家でも勉強に勤《いそ》しんでいる俺《おれ》を見て、おふくろも目を丸くしていた。

「急にどうしたの？　もしかして……成績《せいせき》が悪くて退学《たいがく》になりそう、とか……？」

「あいにく、最下位でも退学《たいがく》にはならないらしいよ。内部進学は怪《あや》しくなってくるかもしれないけど」

俺《おれ》は英単語表をどうにか『撮影《さつえい》』すべく苦闘《くとう》しながら答えた。

「尊《たける》が勉強してるの見ると、なんだか戸惑《とまど》っちゃうな……」

複雑《ふくざつ》そうな顔をしているおふくろに陽明塾《じゅく》の特別クラスを目指していることを話すと、

いよいよ顔つきが変わった。窓《まど》の外をちらっと確認《かくにん》したのは、槍《やり》が降《ふ》らないか心配していたのだろうか。

「別に変な気起こしたわけじゃないから。友達《ともだち》が塾通《じゅくかよ》いたいっていうから、ついでに俺《おれ》も入塾《にゅうじゅく》テスト受けようってだけ。いちばん上のクラスに入ったら塾代免除《じゅくだいめんじょ》らしいから、家的にも大丈夫《だいじょうぶ》だろ」

おふくろを安心させるべく、塾代免除《じゅくだいめんじょ》にも触《ふ》れておく。けれどおふくろはそこには反応《はんのう》しなかった。

「へえ、友達《ともだち》？」

おふくろがニヤニヤと笑っているので、わざと「なんだよ」とぶっきらぼうに返す。

「いや、尊っていつも友達《ともだち》の話しないでしょ」

「そうだったっけ……」

「少なくとも、そんな顔で話してるのは見たことないけどな」

別に、今までも友達《ともだち》の話をしなかったわけじゃない。それこそ福本《ふくもと》が馬鹿《ばか》なことをやらかした時とか、文化祭でみんなとどうしたとか、そういう話はしていたはずだ。

「良い友達《ともだち》に会えてよかったたね。塾代免除《じゅくだいめんじょ》にならなかったとしても、家計から出してあげてもいいよ」

ありがたい申し出だけど、そもそも陽明クラスに入れないのに塾《じゅく》にだけ入るのは嫌《いや》なので、丁重《ていちょう》にお断《ことわ》りしたい。俺《おれ》が微妙《びみょう》な顔で応《おう》じると、おふくろは楽しそうに笑った。


そして迎《むか》えた入塾《にゅうじゅく》テストは、色々な意味でギリギリの手応《てごた》えだった。『撮影《さつえい》』が間に合った範囲《はんい》はともかくとして、間に合わなかった部分や理科の計算なんかは危《あや》うかった。意外なことに、杜屋に教えてもらった数学はすらすらと解《と》ける部分が多かった。

入塾《にゅうじゅく》テストはマークシート方式で記述《きじゅつ》がなかった。これは俺《おれ》にとってめちゃくちゃラッキーだった。記述《きじゅつ》よりは当たる確率《かくりつ》が高い気がするし。ここで使っているのは、模試《もし》なんかで使っているものとは違《ちが》う、小豆色《あずきいろ》のマークシートである。端《はし》には「KJN8695000137」という識別《しきべつ》番号らしきものが振《ふ》られている。答案を整理するための個人《こじん》番号は別に印刷されているので、この番号が何のためにあるのかわからない。

……駄目《だめ》だ。テストの最中のこういう現実逃避《げんじつとうひ》がいちばんよくない。俺《おれ》の頭は覚える必要のない「KJN8695000137」を覚えてしまう。どうして教科書は覚えられないのに、こうした小さな引っかかりだけは覚えてしまうんだろうか？

郵　便　は　が　き

おそれいりますが
切手をお貼り
下さい

104-8011

朝日新聞出版　生活・文化編集部
ジュニア部門　係

お名前《なまえ》		ペンネーム	※本名《ほんみょう》でも可《か》		
ご住所《じゅうしょ》	〒				
Eメール					
学年《がくねん》	年《ねん》	年齢《ねんれい》	才《さい》	性別《せいべつ》	
好《す》きな本《ほん》					

※ご提供《ていきょう》いただいた情報《じょうほう》は、個人情報《こじんじょうほう》を含《ふく》まない統計的《とうけいてき》な資料《しりょう》の作成等《さくせいなど》に使用《しよう》いたします。その他《た》の利用《りよう》について詳《くわ》しくは、当社《とうしゃ》ホームページ https://publications.asahi.com/company/privacy/ をご覧下《らんくだ》さい。

☆本《ほん》の感想《かんそう》、似顔絵《にがおえ》など、好《す》きなことを書《か》いてね！

ご感想《かんそう》を広告《こうこく》、書籍《しょせき》のPRに使用《しよう》させていただいてもよろしいでしょうか？

1．実名《じつめい》で可《か》　　2．匿名《とくめい》で可《か》　　3．不可《ふか》

謎と不思議と
まさかの結末
創刊1周年!
ナゾノベル
ASAHI
朝日新聞出版
©佐藤おどり

ようこそ、「ナゾノベル」へ。

今日はどんな謎《なぞ》と不思議をお探しですか？

ここは、信じられない、予想もつかない、
読んだことがない、ワクワクする、ゾクゾクする、びっくりする、
そして、知らない世界を知ることができる
あなたが気に入るストーリーが、必ず見つかる場所です。

発売中

『数は無限の名探偵《めいたんてい》』 著 はやみねかおる、青柳碧人、井上真偽、向井湘吾、加藤元浩
すべてのカギは「数」が握《にぎ》る！ 珠玉《しゅぎょく》のミステリー集。

『悪魔《あくま》の思考ゲーム 1、2、3』 著 大塩哲史 絵 朝日川日和
思考実験をテーマとした新感覚エンターテイメント！

『オカルト研究会と呪《のろ》われた家』 著 緑川聖司 絵 水輿ゆい
凄腕《すごうで》と評判のオカルト研究会が、怪《かい》事件を推理と霊能力で解決!?

『オカルト研究会と幽霊《ゆうれい》トンネル』 著 緑川聖司 絵 水輿ゆい
幽霊《ゆうれい》トンネル、首無しライダー、公園や池の怪異《かいい》……。次々舞い込む謎にオカルト研究会が挑む！

『怪《かい》ぬしさま』 著 地図十行路 絵 ニナハチ
都市伝説にひとり、またひとり、からめとられて消えていく……。

『鬼切《おにきり》の子 1、2』 著 三國月々子 絵 おく
人の肉体を奪《うば》い、闇《やみ》の心を食らう鬼《おに》に、少年が立ち向かう！

『名探偵《めいたんてい》犬コースケ 1』 著 太田忠司 絵 NOEYEBROW
中学生の凱斗《かいと》と飼い犬・コースケのコンビが事件に挑《いど》む。

【警告】ひとたび読み始めたら、謎と不思議の世界から抜け出せなくなるかもしれません。覚悟を決めて、本を手にお取りください。

新刊

『プロジェクト・モリアーティ 1』 著 斜線堂有紀 絵 kaworu
「世界をちょっとだけ正しくしたい」。中学生の杜屋譲《もりやゆずる》と和登尊《わとたける》は同級生を助けるため、「絶対に成績が上がる塾」に潜入する。目的を達するためには、人を騙《だま》すこともいとわない。そんな二人の冒険が始まる。

刊行予定

『引きこもり姉ちゃんのアルゴリズム推理』（仮） 著 井上真偽
『怪《かい》ぬしさま 2』（仮） 著 地図十行路

謎と不思議と
まさかの結末
創刊1周年!
ナゾノベル
ASAHI
朝日新聞出版
©佐藤おどり

頭の中にこびりつく番号を振《ふ》り払《はら》い、問題に向き合う。

塀戸中の入試よりもずっと、神様に祈《いの》るような気持ちだった。

電話で陽明クラス合格《ごうかく》のお知らせを聞いた時は、めったにしないガッツポーズまでしてしまった。

これで、杜屋が合格《ごうかく》したかを心配できるような立場だったらよかったんだけど。

第六章 『陽《よう》明《めい》クラス』

当然ながら、塾《じゅく》の授業《じゅぎょう》は学校が終わった後に行われる。つまり、俺《おれ》はこれから学校が終わっても勉強をする生活をするわけだ。わざわざ勉強するために家とは反対の電車に乗っているのを思うと、なんだか信じられない気持ちになる。

隣《となり》の杜屋《もりや》は『コルモゴロフの確率論《かくりつろん》入門』なんて、明らかに入門させるつもりのないようなお堅《かた》い本を読んで、涼《すず》しい顔をしていた。

「なあ……俺《おれ》たちってどのくらい潜入《せんにゅう》するのかな」

「まだ陽明先生とやらを見てもいないからわからないけれど」

「もし陽明塾《じゅく》を潰《つぶ》すのに一か月とか二か月とか半年とかかかったら、それまで俺《おれ》らってずーっと塾《じゅく》に通わないといけないんだよな」

「そうなるね。しかも、陽明クラスから追い出されないように、テストをきっちりパスして

いかなくちゃならない」

ということは、ちゃんと勉強しなくちゃならないわけだ。塾《じゅく》内テストに向けて必死に勉強している自分を想像《そうぞう》して顔色が青くなる。

「でも、ちゃんと勉強するようになるのはいいことなんじゃないかな。尊《たける》くんはどうにも何かきっかけがないと勉強ができないようだし……」

「どうせ中高一貫《いっかん》なんだから勉強なんかしてもしかたないだろ。杜屋は外部進学とか考えてんの？　ほら、もっと大学受験に強い的な」

杜屋ほど勉強ができるんなら、それこそ東大京大みたいな名の知れたところに進学できそうだ。

「さあね。まだ決めてない。どんな大人になるかを決めないと勉強しても無駄《むだ》だろうから」

「結局就職《しゅうしょく》するだろ。あ、でも弁護士《べんごし》とかなるなら変わってくるか」

俺《おれ》がそう言ったところで、電車が駅に着いた。学校がある駅よりも、もっとにぎわっている繁華街《はんかがい》に近い駅だ。

いくら俺《おれ》でも、駅前に近いところが家賃《やちん》の高い一等地だということは知っている。陽明塾《じゅく》は駅から一分もかからない、本物の一等地に立っていた。四階建ての建物の外観はまるでホテルか何かみたいで、入塾《にゅうじゅく》テストの日も無駄《むだ》に緊張《きんちょう》させられたのを覚えている。

「ここって家賃《やちん》どのくらいなんだろうな」

隣《となり》の杜屋に聞いたら、とんでもない額《がく》を言われた。そんなの毎月フェラーリ（＊4）買ってるようなもんじゃないのか……。塾《じゅく》って儲《もう》かるのか、それとも陽明塾《じゅく》が特別儲《もう》かっているんだろうか。

「ここはまだマシだよ。隣《となり》の隣《となり》にあるビルが建設《けんせつ》途中《とちゅう》だし、向かいは予定地だろう？　開発途中《とちゅう》なんだ。ここの二つが完成したら、さらに高くなるだろうね」

「そんな……。……もしかして、将来《しょうらい》は塾《じゅく》の経営《けいえい》を目指したほうがいいのか？」

「そうかもね」

俺《おれ》の発言を適当《てきとう》に流し、杜屋がスタスタと歩いていく。

入口は二か所《しょ》あるが、裏側《うらがわ》の入口は教員用らしく、塾生《じゅくせい》は基本的《きほんてき》に表の入口から入ることになる。

＊4「フェラーリ」…イタリアの自動車メーカー・フェラーリ社が製造《せいぞう》する、高級スポーツカー。価格《かかく》は数千万円以上で、なかには1億円を超《こ》えるものもある。

陽明塾

この入口が嫌《きら》いだった。自動ドアをくぐり抜《ぬ》けると、まるで空港の手荷物検査場《けんさじょう》みたいな光景が広がっている。すぐさま受付の事務員がプラスチックの籠《かご》を差し出してきたので、俺《おれ》は嫌々《いやいや》ながらスマホとスマートウォッチ、それに電子辞書をその中に入れた。

そのまま、目の前にあるゲートを通ると、ランプが緑色に点灯した。

「スマートフォンとスマートウォッチは三十八番の番号札でお預《あず》かりします。帰る際《さい》に受付に提出《ていしゅつ》してください」

電子辞書と共にプラスチックの番号札を押《お》しつけられる。

これが陽明塾《じゅく》の気に食わないところの一つだ。

陽明塾《じゅく》には、いかなる電子機器も持《も》ち込《こ》めない。ゲーム機なんかも駄目《だめ》だ。勉強に不必要なものは持《も》ち込《こ》めないようにしている——らしいが、スマートウォッチなんかまで取るのはやりすぎているような気がする。

そこまではわからなくもないが、受付に設置《せっち》されたゲートはやりすぎだ。この金属探知機《きんぞくたんちき》に引っかかると、今度は別室に連れて行かれてもっと厳《きび》しい検査《けんさ》を受けることになる。入塾《にゅうじゅく》テストの時はベルトのバックルに反応《はんのう》してしまい、テスト前に余計《よけい》な緊張《きんちょう》をする羽目になった（その反省を生かして、今日のベルトのバックルは反応《はんのう》しない素材《そざい》でできたものを選んだ)。

集中力をそがない、勉強に集中させる……言っていることは良いことのようだけれど、俺《おれ》はこの仕組《しく》みが気に食わない。言っちゃ悪いかもしれないが、刑務所《けいむしょ》か何かのように思える。

俺《おれ》が番号札を受け取ったように、杜屋も番号札を持っていた。

「僕《ぼく》は四十一番だ。結構《けっこう》良い番号だったね」

「何も引っかからなかったか?」

「いや。腕時計《うでどけい》を没収《ぼっしゅう》されたね」

杜屋が何も着けていない手首を示《しめ》す。でも、杜屋の腕時計《うでどけい》は大人が着けてるような革《かわ》ベルト式の古い腕時計《うでどけい》だったはずだ。あれは通信機器じゃない。俺《おれ》が不思議に思っていると、杜屋は独《ひと》り言《ごと》を言うかのようにつぶやいた。

「……あの腕時計《うでどけい》はアンティークで、文字盤《もじばん》に厚《あつ》みがあるものだった。たぶん、疑《うたが》われたんだろうね」

「疑《うたが》われた? 何を? 腕時計《うでどけい》なんか、むしろテストの時は必要だろうにな」

「さあ、いよいよ陽明先生との対面だ。行こうか」

俺《おれ》の質問《しつもん》を無視《むし》して、杜屋がエレベーターのスイッチを押《お》した。

『陽明クラス』はいちばん上の四階に位置している。事前に山木《やまき》さんから受けていた説明によると、ここから下のクラスになっていくにつれ一階に近くなっていくらしい。頑張《がんば》って陽明クラスに入ったのにわざわざ上の階に行かせられるのは面倒《めんどう》だ、と言ったら山木さんが少しだけ笑ってくれた。

エレベーターから降《お》りてすぐの教室に、大きな『陽明クラス』の看板《かんばん》が掲《かか》げられていた。仰々《ぎょうぎょう》しい筆文字の書かれた木の札が、妙《みょう》に鼻につく。

「緊張《きんちょう》してきたな。隣《となり》に座《すわ》ろうぜ」

「それは無理だよ」

杜屋があっさりと言い、扉《とびら》に貼《は》ってある紙を示《しめ》す。

「席順は成績順《せいせきじゅん》みたいだ」

陽明塾《じゅく》はどこまでも成績至上主義《せいせきしじょうしゅぎ》なところらしい。堂々といちばん右の列のいちばん前の席に座《すわ》る杜屋を見ながら、俺《おれ》はいちばん後ろの列の左端《ひだりはし》から三番目の席に座《すわ》る。俺《おれ》より左の席にいるのは、つまり俺《おれ》より成績が下の生徒は……青い顔をした男子と、山木さんだけだった。

「和登《わと》くん、さっきぶり」

山木さんが力のない声で言う。それでもその顔には、かすかな笑《え》みが浮《う》かんでいた。

「早いな。……その、大丈夫《だいじょうぶ》？」

「大丈夫《だいじょうぶ》。二人がいるから、平気」

そう言ったものの、山木さんの身体《からだ》は小さく震《ふる》えていた。

「帰ったほうがいいんじゃないか？」

「ううん。それより、もう陽明先生が来る——」

山木さんがそう言った瞬間《しゅんかん》、チャイムが鳴った。

それと同時に教室の扉《とびら》が開き、男が入ってくる。

現《あらわ》れた男は、あまり先生らしくは見えなかった。ストライプの入ったしゃれたスーツに、学校の先生が絶対《ぜったい》に着けないような派手《はで》なネクタイを締《し》めている。髪型《かみがた》はイカしたツーブロックで、まつ毛がやたら長い。こういう人間をテレビでよく見たことがあるけれど、その人たちの職業《しょくぎょう》は塾《じゅく》の先生じゃなく会社の社長だった。

男はもったいぶった歩き方で教卓《きょうたく》にたどり着くと、バン！と音を立てて天板を叩《たた》いた。

そして、不自然なくらい白い歯を見せて笑う。

「おはよう諸君《しょくん》！　そして、新入生たち！　陽明塾《じゅく》へようこそ！　私《わたし》が塾長《じゅくちょう》の寺田《てらだ》陽明だ！　私《わたし》のことは気軽に陽明先生と呼《よ》びなさい」

陽明は明らかに杜屋のことだけを見て言った。

「さあ、今日も元気にいつものやつを唱和しよう！」

そう言った瞬間《しゅんかん》、周りの塾生《じゅくせい》が一斉《いっせい》に口を開いた。

「「「「天は人の上に人を造《つく》らず人の下に人を造《つく》らずといへり！　されども今広く此《これ》人間世界を見渡《みわた》すにかしこき人ありおろかなる人あり！　貧《まず》しきもあり富《と》めるもあり！　貴人《きじん》もあり下人《げにん》もありて其有様《そのありさま》雲と泥《どろ》との相違《そうい》あるに似《に》たるは何ぞや！　賢人《けんじん》と愚人《ぐじん》との別は学ぶと学ばざるとによりてできるものなり！　私《わたし》たちは陽明先生と共に勉強します！」」」」

それが終わると、教室は一気に静かになった。

突然《とつぜん》のことに驚《おどろ》いているすきに、陽明は笑《え》みを崩《くず》さずに杜屋のほうを見て聞いた。

「これが何かわかるか、杜屋譲《ゆずる》くん」

「福沢諭吉《ふくざわゆきち》の『学問のすゝめ』の冒頭《ぼうとう》ですね」

杜屋は臆《おく》することなくあっさりと答える。すると、陽明はますますうれしそうな笑顔《えがお》を浮《う》かべて言った。

「意味はわかるかな?」

「人は生まれながらにして平等である。なのに、この世界には賢《かしこ》い人間も愚《おろ》かな人間もいて、貧《まず》しい人間も富《と》める人間もいる。この違《ちが》いはなぜ生まれるのか?」

「それは、勉強するかしないかである。グーッド、グッドグッド、さすがは入塾《にゅうじゅく》テストを一位で通過《つうか》するだけのことはある!」

陽明が杜屋の言葉を引き取って続けた。……なるほど、意味がわからなかったが、そういう意味だったのか。

「この世はすべてが偏差値《へんさち》で決まる。偏差値《へんさち》の高い高校に入り、偏差値《へんさち》の高い大学に入れば、給料の高い素晴《すば》らしい会社に入れる。反対に、偏差値《へんさち》の低い高校に入ってしまえばその時点で人生は負け組だ! そこから勝ち組の大学には入れない。勝ち組の大学に入れないと、まともなところに就職《しゅうしょく》ができない! そうして負け組人生が確定《かくてい》してしまう!」

……ひどい暴論《ぼうろん》だ。だが、他《ほか》の塾生《じゅくせい》たちは陽明の言葉に感動しているのか、必死でうなずいていた。まるで無理やり従《したが》わされているみたいだ。

「君たちは負け組になりたいか!?」

「「「なりたくありません！」」」

「みじめな生活を送りたいか⁉」

「「「送りたくありません！」」」

「そうか、ならば勉強だ。勉強だけが、みんなを人間にしてくれる」

聞いているだけで胸《むね》がむかついてくるような演説《えんぜつ》だった。塾生《じゅくせい》たちは拍手《はくしゅ》をしているが、本当にそんな価値《かち》のある話だっただろうか？　自分の顔が不服そうになっているのがわかる。杜屋に見られたら大目玉を食《く》らいそうなありさまだ。

そんなことを考えていると、陽明が俺《おれ》のほうに近づいてきた。

まずい！　拍手《はくしゅ》をしてなかったことがバレたのか⁉

それとも、不満げな顔をしてたのが気に食わなかったのか⁉

だが、陽明は俺《おれ》のことを素通《すどお》りして、俺《おれ》の左側の席――最後尾《さいこうび》の山木さんのところへ向かった。

「悲しい報告《ほうこく》がある。このクラスに、学ぶ気のない人間が二人も交《ま》じっていた！　まずはお前だ、山木つぼみ！」

名指しされた山木さんが、小さく「はい」と言って立ち上がる。教室中の視線《しせん》が山木さんに集まっていた。

俺《おれ》は、山木さんを見る塾生《じゅくせい》の顔が気になった。

教室の半分は無表情《むひょうじょう》だ。目の前で起こることに、何にも感じていないような、人形みたいな顔。俺《おれ》の席に近い塾生《じゅくせい》たちは、ちらほら引きつった表情《ひょうじょう》を浮《う》かべている。たぶん、怖《こわ》いんだろう。

そのどちらにも当てはまらないやつら——比較的《ひかくてき》杜屋の席に近いやつらの中には、なぜかニヤニヤと笑《え》みを浮《う》かべているのもいた。明らかに教室の雰囲気《ふんいき》が悪いのに、まるで楽しいショーでも始まるかのような笑顔《えがお》を浮《う》かべている。——なんでだ？

そんなふうに観察していると杜屋と目が合ったので、慌《あわ》てて俺《おれ》も山木さんのことを振《ふ》り返《かえ》る。

山木さんは顔を真っ赤にして、泣きそうな顔でうなずいていた。

「お前は怠《なま》け者《もの》か？　テストがあるとわかっているのに勉強をしなかった怠《なま》け者《もの》なのか？」

「いえ……怠《なま》け者《もの》ではありません」

「じゃあ馬鹿《ばか》か？　勉強しても脳味噌《のうみそ》が空っぽで全然頭に入らない馬鹿《ばか》なのか？」

山木さんはうなずいたまま答える。

「そう……かもしれません」

「そうかそうか。認《みと》められたのはえらいぞ。けど、一つ間違《まちが》えている。お前は馬鹿《ばか》な上に怠《なま》け者《もの》だ。馬鹿《ばか》だってわかってるのに人一倍勉強しなかった怠《なま》け者《もの》なんだよ！」

陽明がバン！と机《つくえ》を叩《たた》く。

俺《おれ》は思わず立ち上がりかけた。そんなことをしたら、山木さんがおびえてしまう。だが、間一髪《かんいっぱつ》のところで山木さんと目が合い、思《おも》い留《とど》まった。彼女《かのじょ》はたしかにおびえていたけれど、それでも折れずにいた。

「お前は陽明クラスどころか、陽明塾《じゅく》にいる価値《かち》もない。お前もだ、松永《まつなが》。お前がこのクラスにいた一か月余《あま》りは、空気が悪くて非常《ひじょう》に不快《ふかい》だった」

山木さんの隣《となり》に座《すわ》っている男子塾生《じゅくせい》──松永は、すでに泣いていた。こんな言葉を投げかけられたら無理もない。俺《おれ》は、目の前で行われていることが信じられなかった。

「この怠《なま》け者《もの》たちの代わりに、期待の星が入ってきてくれた！　杜屋、改めてみんなの前で自己紹介《じこしょうかい》をしてくれ！」

陽明はころっと表情《ひょうじょう》を変え、またしてもうさんくさい笑顔《えがお》を浮《う》かべて言った。

杜屋は逆《さか》らうことなく立ち上がり「杜屋譲です。これからよろしくお願いします」とだけ言って、再《ふたた》び座《すわ》った。そのようすは——……陽明塾《じゅく》の一員にふさわしいくらい冷静で、冷たく見えた。……なんだか別人に見えて、ヒヤッとする。山木さんがあんなことを言われたのに、全然気にしていないようにすら見える。そんなことないはずなのに、杜屋の演技《えんぎ》がうますぎるからだ。

「杜屋はまだ入塾《にゅうじゅく》してもいないのに今回のテストで一位を取った。これからの陽明塾《じゅく》を率《ひき》いていく人材だ。そう思わないか？ 後東田《ごとうだ》！」

はい！と言って立ち上がったのは、杜屋の隣《となり》に座《すわ》っていた塾生《じゅくせい》だった。きっちりと髪《かみ》を坊主《ぼうず》にし、眼鏡《めがね》を掛《か》けた、まるで坊《ぼう》さんみたいな格好《かっこう》の学生だ。

「後東田、お前が杜屋に抜《ぬ》かされたっていうことは、先生の教え方が悪かったのかな？」

「いえ！ 僕《ぼく》が悪いです！ 先生にご指導《しどう》いただいたのに生かし切れなかった僕《ぼく》の責任《せきにん》です！」

「先生がお前のやる気を引き出せなかったのが悪いのか？」

「いえ！ 僕《ぼく》の責任《せきにん》です！ 先生にご指導《しどう》いただけて、僕《ぼく》は本当に感謝《かんしゃ》しています！」

「そうだな。お前は本当に良い塾生《じゅくせい》だ。先生は後東田のことを心から信頼《しんらい》している。頑張《がんば》れよ」

「はい！」

後東田は心底うれしそうな笑顔《えがお》を浮《う》かべ、何度も頭を下げてからようやく座《すわ》った。

……おかしくないか？　なんであんな口調で責《せ》めてきた人間にほめられて、うれしそうなんだ？

気味が悪い。おかしい。嫌《いや》だ。……俺《おれ》が陽明クラスに、いや、陽明塾《じゅく》に抱《いだ》いた感想はそれだった。

こんなの塾《じゅく》じゃない。塾《じゅく》に通ったこともないのにそう思う。

「それじゃあ授業《じゅぎょう》を始めよう。その前に——山木と松永はさっさと出て行くんだ」

陽明が冷たい口調で言うと、山木さんと松永は荷物《にもつ》をまとめた。きっと、一刻《いっこく》も早くここを出て行きたいはずだ。でも、山木さんは足が震《ふる》えて、うまく歩けないみたいだった。

まずい、と思う。俺《おれ》はもうすでになんとなく、陽明のやり方がわかるようになっていた。

もしこれ以上山木さんがモタついたら——陽明はまた、山木さんを怒鳴《どな》るだろう。

考えるや否《いな》や、俺《おれ》は手を挙げていた。

「あの！　俺《おれ》も……今回から陽明クラスに入ったんですけど！」

山木さんたちを見ていた陽明が、こちらを向く。

「俺《おれ》は和登尊です！　得意科目は日本史、苦手なのは数学です！　よろしくお願いします！」

俺《おれ》が大声で自己紹介《じこしょうかい》をしている隙《すき》に、山木さんと松永が教室を出て行く。

「うんうんよしよし、最低限《さいていげん》の挨拶《あいさつ》ができるのは素晴《すば》らしい」

作戦は成功したが、陽明から俺《おれ》への好感度はすさまじく下がっているようだった。杜屋に向けているのとはまるで違《ちが》う、冷たい笑《え》みだった。

「お前はギリギリ陽明クラスに入れただけの人間だろ？　和登。初回だから大目に見るが、次、勝手な発言をしたら、相応《そうおう》の罰《ばつ》を受けてもらう」

罰《ばつ》ってなんだよ、と俺《おれ》は思う。塾《じゅく》っていうのは、勉強ができない生徒にわかりやすく教えてくれる場所じゃないのかよ。

でも、俺《おれ》はへへ……と言って、わからないふりで笑顔《えがお》を作る。

こうして二人が抜《ぬ》けて、ようやく授業《じゅぎょう》が始まった。

第七章

『支配《しはい》』の授業《じゅぎょう》

二時間もある地獄《じごく》の授業《じゅぎょう》を終えて、俺《おれ》と杜屋《もりや》は隣《となり》駅で待ち合わせをした。これだけの時間スマホと離《はな》れていたのは初めてだ。戻《もど》ってきたことに安心感を覚える。

「おつかれさま、尊《たける》くん」

まったく疲《つか》れていないようすで、杜屋が俺《おれ》の元にやってくる。陽明《ようめい》クラスで自己紹介《じこしょうかい》をした時とはまったく違《ちが》う表情《ひょうじょう》だったので、そのことに安心をした。

「どうして塾《じゅく》で軽く無視《むし》したんだよ。んで、隣《となり》駅で待ち合わせとか意味わかんないこと言うし」

「僕《ぼく》らの仲を寺田《てらだ》陽明に悟《さと》られたくない。彼《かれ》は、かなり用心深いみたいだ」

杜屋が腕《うで》に巻《ま》いた時計を触《さわ》りながら言った。

「それ、ちゃんと返してもらえてよかったな」

「うん。でも――この時計、中を調べられていたね」

「裏蓋《うらぶた》の内側に軽くチョークの粉をはたいておいたんだ。誰《だれ》かが中を開けて調べでもしたら粉が取れてわかるようにね。案の定、調べられたみたいだ」

「え⁉」

「お前、そんな用意まで……ていうか、なんで腕時計《うでどけい》の中まで調べるんだよ」

「万一録音でもされていたら、陽明塾《じゅく》の評判《ひょうばん》に関《かか》わるからだよ」

言われてハッと気がついた。たしかにそうだ。

陽明が山木《やまき》さんに言ったことなんかは、表に出れば確実《かくじつ》に問題になる。そのことは陽明もわかっているのだろう。

けれど、陽明塾《じゅく》には電子機器が持《も》ち込《こ》めない。だから、陽明はあんな態度《たいど》を取れるのだ。どれだけここでひどいことをしても、陽明の悪行は外には知られない。何しろ証拠《しょうこ》がないのだから……。

卑怯《ひきょう》なやつだ、と怒《いか》りがわき上がってくる。いけないとわかっていてそんなことをするのが何より許《ゆる》せなかった。自覚がないんじゃなくて、意識《いしき》して人を傷《きず》つけるようなことを……。

「どうしてあんなことやってんだよ。ひどいだろ。あんなやつが先生でいていいはずないじゃん。山木さんにだって……あんなの、いじめだ」

思い出すだけで嫌《いや》な気持ちになる。山木さんはあんなことを……それこそ、毎回言われていたのかもしれない。

「いじめだけど、陽明なりのねらいがある。ああやって生徒の自己肯定感《じここうていかん》をそいで、自分の言いなりになる人形を作ってるんだ」

「自己《じこ》……？」

聞《き》き慣《な》れない言葉に首を傾《かし》げると、杜屋は説明してくれた。

「ありのままの自分を尊重《そんちょう》する感覚だよ。寺田陽明はそれを奪《うば》うんだ。ああして頭ごなしに怒鳴《どな》られて『馬鹿《ばか》だ』とか『怠《なま》け者《もの》だ』とか『死んだほうがいい』だとか言われると、段々《だんだん》と自分でもそれが正しいんじゃないかと思《おも》い込《こ》まされるようになる」

山木さんの隣《となり》にいた松永《まつなが》が、何も反論《はんろん》せずに泣いていたのを思い出す。山木さん自身も、陽明の言いなりになって死のうとしていたんだ。

「うまいのは、ただ怒鳴《どな》って叱《しか》りつけるだけじゃなく、ちゃんとほめるところだ。後東田《ごとうだ》くんのことを覚えてるだろう？」

てさ」
「杜屋の隣《となり》にいたやつだろ。あいつも怒《おこ》られてたのに、なんか妙《みょう》に感動したみたいになって

「心がボロボロに傷《きず》ついた生徒たちは、寺田陽明にほめられることだけでしか癒《い》やされない。それで、彼《かれ》にほめられようと勉強を頑張《がんば》り、周りの生徒たちを敵視《てきし》するようになる」

俺《おれ》は、山木さんを見ていた塾生《じゅくせい》たちの視線《しせん》を思い出す。

山木さんが叱《しか》られるのを楽しんでいるような……あの嫌《いや》な目だ。あの時は不思議に思っていたけれど、あいつらは陽明の思考にすっかり染《そ》まってしまっていたのだ。

「そんなの……洗脳《せんのう》だろ」

「ああ。教室という狭《せま》い世界で、まだ自我《じが》の育っていない子どもたちを洗脳《せんのう》する。陽明のやっていることはそういうことだ」

杜屋があっさりとうなずいたことで、ぞっとした。

陽明がやってることは……ただの悪い教師《きょうし》の範疇《はんちゅう》を超《こ》えている。

「ああいうタイプはたくさんいるんだよ。人を支配《しはい》するのに快楽《かいらく》を覚えるような人間が」

言いながら、杜屋が軽く眉《まゆ》を寄《よ》せた。陽明に対して怒《いか》りをあらわにしているところを見るのは初めてだった。だが、俺《おれ》が何かを言うより先に、杜屋が笑顔《えがお》を向けた。

「どうだった？　授業《じゅぎょう》は」

「授業《じゅぎょう》は……普通《ふつう》だった」

いきなりの質問《しつもん》に、俺《おれ》は素直《すなお》に答える。

正直、それしか感想がなかった。

今日の授業《じゅぎょう》は日本史だった。俺《おれ》が比較的《ひかくてき》好きな科目だ。

でも、陽明の授業《じゅぎょう》は特にわかりやすくもなかった。面白《おもしろ》くもないし、合間に陽明の自慢《じまん》とも説教ともつかない無駄話《むだばなし》が入る。たとえば、陽明は必死に勉強して東大模試《もし》の一位を取ったとか、けれど東大なんかに価値《かち》を見いだせなくて別の大学に行ったとか、在学《ざいがく》中にあの有名企業《きぎょう》にスカウトされたとか……そういう、絶対《ぜったい》にテストに役立たなそうな話だ。

授業《じゅぎょう》の時間こそ長いものの、優秀《ゆうしゅう》な先生だとは思えなかった。その証拠《しょうこ》に、俺《おれ》は授業《じゅぎょう》の内容《ないよう》がまったく入っていない（俺《おれ》がもともと勉強嫌《ぎら》いだというのは別にして）。

ただ、授業《じゅぎょう》を受けている周りの塾生《じゅくせい》の態度《たいど》は異常《いじょう》だった。

今日が初めての俺《おれ》を圧倒《あっとう》するように、塾生《じゅくせい》たちは必死にノートを取り、陽明の話にしきりにうなずいていた。陽明がつまらないジョークを言った時には無理にでも笑い、陽明が昔の話をすれば感動したようすで拍手《はくしゅ》をする。

塾生《じゅくせい》たちはみんな、必死だった。

「これが成績《せいせき》が絶対《ぜったい》上がる塾《じゅく》の仕組みか……陽明の教え方がうまいんじゃなくて、陽明が怖《こわ》いからみんな必死で勉強するのか」

「効果的《こうかてき》ではあるんだろうね。でも、長くは続かない。あんなことはやってはいけないことだ」

杜屋がそう言った瞬間《しゅんかん》、スマホが鳴った。

「山木さんだ」

メッセージアプリを起動すると、山木さんからのメッセージが連なっていた。

『授業《じゅぎょう》が終わった頃《ころ》かな』

『今日は助けてくれてありがとう』

『足が動いたのは、杜屋くんと和登《わと》くんのおかげだよ』

それを見た瞬間《しゅんかん》、顔が赤くなるのがわかった。たしかにあの時、俺《おれ》は山木さんを助けようとしたんだが……。

「どうしたの？　よっぽどうれしいメッセージだったのかな」

杜屋がからかい混《ま》じりに言ってくるので、俺《おれ》は勢《いきお》いづいて言った。

「それで、どうするんだ？　寺田陽明に思い知らせてやろうぜ！　やっぱり……陽明のことをみんなに知らせるべきなのか？　お前ならどうにかできるだろ！」

けど、杜屋は冷静に言った。

「それはまだ難《むずか》しい」

「なんでだよ！」

「通信機器が持《も》ち込《こ》めない——証拠《しょうこ》が取れない。証拠《しょうこ》がない状態《じょうたい》で寺田陽明のやっていることを言っても、誰《だれ》も信じたりしないだろう」

ぐっと俺《おれ》は言葉に詰《つ》まる。それはたしかに——その通りだ。正論《せいろん》すぎる。

「でも、あんなの……じゃあどうするんだよ……」

「いずれチャンスはめぐってくる。だから、大事なのはおとなしくしていることだよ。今日のことだって……君はあんなことをすべきじゃなかった」

俺《おれ》の『自己紹介《じこしょうかい》』のことを言っているのは一目瞭然《いちもくりょうぜん》だった。さっき山木さんに感謝《かんしゃ》されたのもあって、思わず言い返してしまう。

「そんなこと言ったって、ああするしかないだろ！」

「それで寺田陽明に目をつけられたら、君は駒《こま》として動けなくなる。使えなくなるんだ。あれは……早計だった」

さらに反論《はんろん》してやろうとしたが……やめた。俺《おれ》が大人なんじゃなく、俺《おれ》だけじゃ陽明を倒《たお》すことができないと思ったからだ。

「約束してくれるかい？　大事なのは目立たないことだ。息を殺し、チャンスをうかがうんだ」

「……わかった」

俺《おれ》は明らかに渋々《しぶしぶ》といったようすでうなずく。杜屋もそれで納得《なっとく》はしてくれたのか、同じようにうなずいた。

「僕《ぼく》を信じてくれるなら、絶対《ぜったい》に寺田陽明を倒《たお》してみせる」

杜屋は力強く言った。

けれど、それから二週間が経《た》っても、杜屋はまったく動かなかった。

第八章

志《し》村《むら》の作戦

二週間のあいだ、俺《おれ》は杜屋《もりや》の指示《しじ》に従《したが》った。おとなしくして、目立たず、陽明《ようめい》に目をつけられないようにする。そうでなくても俺《おれ》は勉強自体ができないから、一週間も経《た》たないうちに陽明からの評判《ひょうばん》は地に落ちていた。授業中《じゅぎょう》に指されて答えられないと、陽明はあからさまに不快《ふかい》そうな顔をして、俺《おれ》を責《せ》めた。

「どうしてこんな問題も解《と》けないのに陽明クラスにいるんだ？　まさかカンニングでもしたんじゃないだろうなぁ？　うん？」

その言葉に一瞬《いっしゅん》ドキッとする。もちろん、俺《おれ》はカンニングなんかしていない。だが、カンニングという言葉から、俺《おれ》の記憶能力《きおくのうりょく》に気づかれそうでギクッとした。俺《おれ》は頭の中の教科書を見てテストに答えてるのと同じだからだ。

俺《おれ》は慌《あわ》てて言う。

「そ……そんなわけないじゃないですか」

「まあ、そうだろうね！　陽明塾《じゅく》のテストはどれも私《わたし》が作ったオリジナルなもの！　問題用紙からマークシートに至《いた》るまで、すべてが特注なんだからな！　すべてはカンニング防止《ぼうし》のためだ！」

それを聞いて、俺《おれ》はあの小豆色《あずきいろ》の奇妙《きみょう》なマークシートと、記載《きさい》されていた「KJN8695000137」を思い出す。なかなか見ない色合いだと思ったが、あれはわざわざ陽明が特注したものだったらしい。

……杜屋の言っていた通り、疑《うたが》い深《ぶか》くて慎重《しんちょう》だ。おまけに性格《せいかく》が悪くてナルシシスト。

そのことが、テスト一つを取ってもわかる。

「ということは、和登《わと》は入塾《にゅうじゅく》テストを勘《かん》で突破《とっぱ》したってことか？　すごい確率《かくりつ》だなあ！　それとも占《うらな》いか何かか？　だったらもうここに来て勉強する必要もないなあ！」

陽明のわざとらしいあおりに、怒《いか》りが込《こ》み上《あ》げてくる。めちゃくちゃ屈辱的《くつじょくてき》で、逃《に》げ出《だ》したくもなる。俺《おれ》の知らなかった自己肯定感《じここうてい》が、ゴリゴリ削《けず》られていく音がした。

陽明の悪口が痛《いた》いところを刺《さ》してくる。

俺《おれ》は心のどこかで、自分の瞬間記憶能力《しゅんかんきおくのうりょく》をズルだと思ってるんだろう。だから、心が傷《きず》つく。内容《ないよう》がしっかり理解《りかい》できてるわけじゃないのに、頭の中の教科書から必死に答えを引っぱってくるような感じだからだ。多分、自分の能力《のうりょく》に自信が持ててない。陽明のせいで、そのことに気づいてしまった。それがめちゃくちゃつらい。こんなの錯覚《さっかく》だって思ってるのに。

それだけじゃなく、教室の状況《じょうきょう》もキツかった。大半の塾生《じゅくせい》は見て見ぬ振《ふ》りをしているし、陽明に心酔《しんすい》してる塾生《じゅくせい》は陽明と一緒《いっしょ》になって俺《おれ》を笑っている。ただ悪口を言われるのより、ずっと心にくるのだ。

山木《やまき》さんはこれを耐《た》えていたんだ。

実感が湧《わ》いてくるとともに、俺《おれ》はチャンスが来るのを待ちわびるようになっていた。学校の後に塾《じゅく》に通うのがキツい。二時間の授業《じゅぎょう》を受けるのがキツい。陽明クラスは五教科を五日に振《ふ》り分《わ》けて教える形式だから、俺《おれ》は毎日塾《じゅく》に通っている。それが単純《たんじゅん》につらいのだ。

教室の雰囲気《ふんいき》は悪いし、息苦しい。日によってはこんなふうに陽明に攻撃《こうげき》されることもある。そのたびに、俺《おれ》の心が陽明によって少しずつ小さくされているような気分になった。

けど……。

「そろそろなんか思いついただろ。早く陽明を倒《たお》して陽明クラスから出ようぜ」

何度そう言っても杜屋は「まだ早い」と言って何もせずに陽明の授業《じゅぎょう》を受けていた。二週間だ。もう陽明の授業《じゅぎょう》を一通り聞き終わった。陽明の人となりについてもだいたいわかったはずだ。

「無策《むさく》で失敗すれば、陽明は二度と尻尾《しっぽ》をつかませない。僕《ぼく》らも慎重《しんちょう》にならないと」

大人な顔つきでそう言われると、俺《おれ》はまた反論《はんろん》できなくなる。

「お前はいいよな。俺《おれ》みたいに怒《おこ》られたりしないから、そんなのんびりしてられるんだろ」

思わず恨《うら》み言《ごと》めいた言葉が出てしまって、俺《おれ》はハッとする。慌《あわ》てて今のなし、と言おうとした瞬間《しゅんかん》、杜屋があっさり言った。

「だとしたら、勉強するしかないかな。成績《せいせき》が悪いと、それだけで目立つんだよ」

「お前……人の心とかないのかよ！」

「何かを成《な》し遂《と》げようとする時はないかもしれない。あっても作戦には無駄《むだ》だからね。それじゃあ、また明日。陽明塾《じゅく》で居眠《いねむ》りなんかしたら駄目《だめ》だよ」

あっけに取られる俺《おれ》を置いて、杜屋はさっさと帰ってしまう。

俺《おれ》はモヤモヤした気持ちを抱《かか》えたまま、陽明塾《じゅく》に通い続けるしかなかった。

そんな時に、俺《おれ》は志村に話しかけられたのだ。

「この授業《じゅぎょう》が終わったら、少し時間もらえないかな。教室内で私語《しご》はまずいから、外で話そう」

木曜日——理科の授業《じゅぎょう》の前に、志村は言った。

志村は俺《おれ》の隣《となり》の席に座《すわ》っている塾生《じゅくせい》だ。背《せ》が高くて恰幅《かっぷく》が良く、優《やさ》しそうに目元が下がっている。笑ったら多分にこやかなタイプなのだが、塾《じゅく》に入ってから今まで、俺《おれ》は志村の笑ったところを見たことがなかった。塾《じゅく》にいる時の志村はいつも顔を引きつらせていて、おびえたクマのように見える。

席順から考えるに、志村は前回の塾《じゅく》内テストで下から三番目だったのだろう。山木さんと松永がいなくなったから、事実上の最下位だ。そのせいか、志村はよく陽明に指され、ひどく叱《しか》られていた。

思わぬ提案《ていあん》に、流されるままうなずいてしまう。杜屋からしたらこれも『目立つ行動』なのかもしれなかったが、こんなの断《ことわ》るほうが難《むずか》しいだろう。……ただでさえ、俺《おれ》は杜屋に若干《じゃっかん》の不信感を抱《いだ》き始めているのだ。ただ目立つなって命令してくる杜屋への反発と、頼《たよ》られたからしかたないって気持ちが半々のまま、俺《おれ》は答える。

「わかった」

自分で頼《たの》んだくせに、志村は驚《おどろ》いたように目を見開いた。断《ことわ》られると思っていたからだろう。

俺《おれ》たちのひそかな会話を、杜屋は察しているようだった。だが、俺《おれ》は気にしなかった。ちょっとした当てつけのつもりだった。

「わ……和登くんは、陽明先生をどう思う?」

「気に食わない。ネチネチいつも悪口言ってくるし、正直先生としてありえないと思ってる」

言ってから、志村がこれを陽明に告げ口したらどうしよう、と思った。はた目から見てそうとは思えないが、志村も陽明に洗脳《せんのう》されてるんだとしたら? 背中《せなか》を冷たい汗《あせ》が伝う。

だから、志村の言葉を聞いて俺《おれ》は心の底から安心した。

「ぼ、僕《ぼく》も……陽明先生が……嫌《きら》いなんだ。もう、耐《た》えられない」

「ああ、そうだよな! よかった……」

「あのクラスにいる人の中には、心の底から陽明先生を好きで、尊敬《そんけい》している人たちもい

る。でも、僕《ぼく》は……嫌《きら》いだ。毎回毎回、僕《ぼく》のことを馬鹿《ばか》だとかグズだとか……言ってくるから……」

陽明に言われたことを思い出したのか、志村が急に顔をゆがめる。それを見て、俺《おれ》も苦しくなった。

「僕《ぼく》は、陽明先生がどれだけひどいか……他《ほか》の人に知らせたい。絶対《ぜったい》に、表に出たら問題になるはず」

「それは俺《おれ》も思うけど……」

そう言うと、志村がゴソゴソと何かを取り出した。

小型のＩＣレコーダー（＊5）だった。

「さっきまで近くのコインロッカーに預《あず》けてたんだ。費用がかかるけど……これを持ち歩いてないと、気分が悪くなって塾《じゅく》に行けなくなるから」

「ああ……ゲートに引っかかるもんな」

「僕《ぼく》はこれで、陽明先生の暴言《ぼうげん》を録音する」

＊5「ＩＣレコーダー」…音声を録音する機器。

志村が決意に満ちた表情《ひょうじょう》で言う。

「いや、だから……ゲートがあるだろ？　こんなん持ってたら引っかかるじゃん」

「表から行けばね。でも、裏口《うらぐち》なら？」

裏口《うらぐち》。その単語を聞いて、俺《おれ》はハッとする。

「塾生《じゅくせい》以外の……事務《じむ》の人とか、先生たちとかはゲートのない裏口《うらぐち》を通るんだ。そこを通れば、ＩＣレコーダーを持《も》ち込《こ》める」

「そりゃたしかにそうだろうけど……通れるのか？」

「ふだんは無理だと思う。警備員《けいびいん》さんがいるからね。でも、警備員《けいびいん》さんがいないなら通れる」

「なんか……禅問答《ぜんもんどう》みたいだな」

「警備員《けいびいん》さんが休みの日があるんだよ。受付のところに紙が置いてあるのが見えたんだ。明日、シフトの調整がうまくいかなくて、裏口《うらぐち》に警備員《けいびいん》さんが立たないって」

それを聞いて、俺《おれ》もようやく事態《じたい》がのみ込《こ》めてきた。これは『チャンス』だ。

「じゃあお前……その時に持《も》ち込《こ》むつもりなのか？」

志村がうなずく。その顔が、興奮《こうふん》で軽く赤らんでいた。

「もちろん、教員の人とかに鉢合《はちあ》わせないようにしないといけないけど、ずっと出入りしてるわけじゃないだろうしさ。監視《かんし》カメラの死角も意識《いしき》するつもりだよ。帰りもそうやって帰る。後からバレても……持《も》ち込《こ》んで、録音できたら僕《ぼく》の勝ちだ」

こんなことをするつもりなのだから、志村はもう陽明塾《じゅく》から逃《に》げ出《だ》すに違《ちが》いない。だとしたら、一回成功させるだけで済《す》む。

「証拠《しょうこ》があったら、絶対《ぜったい》に問題になるはず。一回の授業《じゅぎょう》につき一人は槍玉《やりだま》に挙げられるから……録音が取れないってこともないだろうし」

正直、塾生《じゅくせい》への陰湿《いんしつ》な暴言《ぼうげん》でどのくらい打撃《だげき》を与《あた》えられるかわからない。録音するなら、それこそ山木さんに最後に言った言葉なんかがベストだろう。でも、ふだんの発言でだって対外的なイメージは下がるはずだ。

何より、陽明の社会的信用が低くなれば、他《ほか》の被害者《ひがいしゃ》たちが声を上げやすくなる。陽明塾《じゅく》に調査《ちょうさ》なんかも入るかもしれない。

「それが本当に実現《じつげん》できたらすげーよ。受付の紙、よく気づいたな」

「う……うん。ポンって置いてあってラッキーだった」

「けど……これをなんで俺《おれ》に話したんだ？」

確《たし》かにすごい作戦ではあるけど、やるのは基本的《きほんてき》に志村一人だろう。てっきり何か協力してくれと言われるのかと思ったのだが、そういうわけじゃないらしい。

するると、志村はやや照れくさそうな顔で言った。

「……実は……すごいチャンスだと思ったんだけど、怖《こわ》くてさ。誰《だれ》かに話を聞いてほしかった。そうしたら……頑張《がんば》れる気がして」

その気持ちは痛《いた》いほどわかる。俺《おれ》もあの教室の雰囲気《ふんいき》が――認《みと》めたくないけど、陽明そのものが、怖《こわ》いところがある。

「僕《ぼく》のお母さん、すごい教育ママなんだよ。成績《せいせき》を何よりも大切にしてる。だから、陽明先生がひどい先生だって言っても……信用してくれなくて……言《い》い訳《わけ》だって言われた」

証拠《しょうこ》が必要なんだ、と志村は続けた。

「俺《おれ》……お前のこと応援《おうえん》するよ。すごいと思う」

「そう言ってもらえてうれしいよ。……話せてよかった。ありがとう」

志村はぎこちなく笑った。俺《おれ》も笑い返す。

志村と別れて、俺《おれ》は杜屋との集合場所に向かった。

急いでこのことを杜屋に伝えないといけなかった。

だが、杜屋の反応《はんのう》は俺《おれ》が期待していたものとは違《ちが》っていた。

杜屋は厳《きび》しい顔をして「志村くんを止めるべきだ」と言った。

「どうしてだよ。まさか、陽明塾《じゅく》を潰《つぶ》すのは自分だから……なんて言わないよな」

「そうじゃない。おかしいと思わない？　そんなところに大事な予定を書いた紙なんか置くかな」

「陽明が用心深くても、周りはそうじゃない可能性《かのうせい》もあるだろ」

「一理あるね。セキュリティーを突破《とっぱ》する方法はだいたいがヒューマンエラー（＊6）だ」

あっさりとそんなことを言いつつ、杜屋は再《ふたた》び厳《きび》しい顔つきになった。

「でも……何かおかしい。志村くんは罠《わな》にかけられている最中なのかもしれない」

「そんなわけないだろ。もし成功したらもうけもんだろうし、失敗したとしても……」

そこで俺《おれ》の言葉は止まった。失敗したら……どうなるんだろうか？　嫌《いや》な想像《そうぞう》だけがむくむくと膨《ふく》らんでいき、恐《おそ》ろしくなる。

＊6「ヒューマンエラー」…人間（の不注意や判断《はんだん》ミスなど）が原因で起こる失敗や事故のこと。

「……失敗しても、ひどいことにはならないはず、だろ」

「そうとは限《かぎ》らない。あっちは何をしてくるかわからない」

「だったら、杜屋が早く動けば良かっただろ」

口から出たのは今度こそ恨《うら》み言《ごと》だった。ちょっとくらい、杜屋が傷《きず》つけばいいと思ってのことだった。

だが、杜屋は俺《おれ》の言葉を気にするようすもなく、ただ淡々《たんたん》と言った。

「でも、これで一つ情報《じょうほう》が増《ふ》えるかもしれない。もちろん、志村くんの成功は祈《いの》っているよ」

それを聞いて、俺《おれ》はいよいよ怒《いか》りを覚えたし、志村の成功を祈《いの》った。

けれど、俺《おれ》の祈《いの》りは最悪の形で裏切《うらぎ》られてしまった。

第九章
罠《わな》

当日。陽明《ようめい》クラスで英語の授業《じゅぎょう》が行われる日。

俺《おれ》はガチガチに緊張《きんちょう》しながら陽明塾《じゅく》へと向かった。いつも通り表から中に入り、電子機器を全部預《あず》ける。

俺《おれ》と仲がいいとバレないよう、杜屋《もりや》とは駅で別れている。けれど、不自然なくらい杜屋は志村《しむら》の話をしなかった。俺《おれ》があんなに志村のことを気にしていたのにもかかわらずだ。

俺《おれ》はそれが気に食わなかったけれど、何も言えなかった。

ただ、志村の作戦がうまくいくことだけを祈《いの》っていた。

一階にあるラウンジで、参考書を開きながらウロウロし、裏口《うらぐち》のほうをうかがう。

さっき確認《かくにん》したら、たしかにいつも裏口《うらぐち》に立っている警備員《けいびいん》がいなかった。誰《だれ》もいない日というのは本当なのだ！　おまけに、さっきから見ているけれど、そっちの入口から入ってくる人もいない。チャンスだ。

あとは志村がタイミング良く中に入ってくるだけ……。

俺《おれ》は心臓《しんぞう》を高鳴らせながらその時を待った。杜屋の不吉《ふきつ》な予言を忘《わす》れて、今こそ計画を成功させるのだ！

明らかに緊張《きんちょう》したようすの志村が、裏口《うらぐち》のガラス戸に見えた。

志村は周りを見回し、意を決したようすでこちらに向かってくる。

誰《だれ》も見ていない。今だ。

志村が足を踏《ふ》み出《だ》し、中へ入ってきた。

その瞬間《しゅんかん》、けたたましい警報《けいほう》が鳴《な》り響《ひび》いた。金縛《かなしば》りにあったように、志村が立ち止まる。すぐさま数人の事務員《じむいん》がバタバタと裏口《うらぐち》に走って行く。

逃《に》げろ！と心の中で叫《さけ》んだが、志村は動かない。固まったまま、口を丸く開けていた。

志村はまるで犯罪者《はんざいしゃ》みたいに両脇《りょうわき》を固められ、あっという間にポケットの中の物をすべて出させられた。

その中には、昨日見せられたＩＣレコーダーがあった。

じわじわと野次馬《やじうま》が集まってくる。その中にまぎれた俺《おれ》はたぶん志村と同じくらい蒼白《そうはく》な

顔をしていただろう。

「こうなると思っていたよ」

背後《はいご》から杜屋の声がした。俺《おれ》は振《ふ》り向《む》けなかった。どういう気持ちなのか、俺《おれ》自身にもまるでわからなかった。杜屋はそのまま、俺《おれ》に話し続ける。

「誘導《ゆうどう》されていたんだ。きっと……初めから寺田《てらだ》陽明に疑《うたが》われていたんだろう。見せしめのつもりだ」

誘導《ゆうどう》されていた。見せしめ。あまりにも残酷《ざんこく》な言葉に、俺《おれ》の身がすくむ。志村はもうほとんど泣きそうな顔で、呆然《ぼうぜん》と天井《てんじょう》を見つめていた。

急に野次馬《やじうま》の群《む》れがサッと左右に避《よ》ける。できあがった道を偉《えら》そうに歩いてくるのは、陽明だった。

「いやはやいやはや、本当に馬鹿《ばか》だよなあ」

陽明は心底うれしそうな声で志村に言った。

「もしかして、カウンターにうっかり置き忘《わす》れられていたシフト表を見たのか？　それで、今なら裏口《うらぐち》を通って録音機器を持《も》ち込《こ》めると？　おめでたいやつだなあ、本当に！」

志村がぶるぶる震《ふる》えている。その横で、陽明が大きく足を踏《ふ》みならした。

「裏口《うらぐち》に金属探知機《きんぞくたんちき》がないと思ったか？　馬鹿《ばか》が！　裏口《うらぐち》の金属探知機《きんぞくたんちき》はな、床《ゆか》に埋《う》め込《こ》んであるんだよ！　そうとも知らずにお前は……目に付いた答えに飛びついたんだ！　引っかけとも気づかずに……馬鹿《ばか》だなあ！」

シフト表も、裏口《うらぐち》にだけ設置《せっち》されていないゲートも、全部全部陽明の罠《わな》だったのだ。そうすれば、志村みたいな反抗心《はんこうしん》の強い塾生《じゅくせい》が引っかかると思って……わざわざこれ見よがしに……仕込《しこ》んだんだろう。

「こんな引っかけにかかる人間は、受験に対応《たいおう》できない。さて、補講《ほこう》の始まりだ。楽しい陽明クラスに行こうじゃないか」

教室の中には、すでに陽明クラスの塾生《じゅくせい》全員が揃《そろ》っている。志村は塾生《じゅくせい》たちが揃《そろ》うまでの間、ずっとホワイトボードの前に立たされていた。その顔は、まるで死刑宣告《しけいせんこく》をされたかのようだ。

もったいぶりながら、陽明が口を開いた。

「さて——志村。お前、ずいぶん反抗心《はんこうしん》が強いみたいだな。日頃《ひごろ》から不真面目《ふまじめ》だと思ってたが、とうとうここまで落ちぶれたか」

「す……すいません！　ぼ、僕《ぼく》は――」

「前回のテストで実質《じっしつ》最下位だったようなものなのに、先生のことを逆恨《さかうら》みか。お前が勉強しなかったのが悪いのになあ！」

「そ、その……でも、ちゃんと勉強はしてたんですが……どうしてもあの日、おなかが痛《いた》くて……」

「お前は入試本番でも同じことを言うのか？　おなかが痛《いた》くて実力が発揮《はっき》できませんでしたって、試験監督《かんとく》に言《い》い訳《わけ》するつもりか！」

陽明の声がびりびりと教室を震《ふる》わせる。

「お前に足りないのは心の強さだ。腹《はら》の痛《いた》みで死ぬわけじゃないんだから、お前は耐《た》えればよかったんだよ！　そうして、腹《はら》の痛《いた》みのせいにした次は、先生のせいにするつもりなんだな！」

そう言うと、陽明は教卓《きょうたく》から何かを取り出した。

平たい棒《ぼう》のようなものだ。先が二つに分かれている。

「鍛《きた》え直してやる」

そう言って、陽明はためらいなく棒《ぼう》を振《ふ》り下《お》ろした。背中《せなか》をぶたれた志村が勢《いきお》いよく倒《たお》れる。そのままもう一度殴《なぐ》られて、志村が悲鳴を上げた。

塾生《じゅくせい》たちはうつむき、なるべく志村を見ないようにしていた。ふだん志村が叱《しか》られているのを楽しんでいるような塾生《じゅくせい》も、気まずそうに目をそらしている。

でも誰《だれ》も動かない。止めようとしない。

陽明がもう一度棒《ぼう》を振《ふ》り上《あ》げた。志村が顔をかばうように手を上げた。

俺《おれ》はほとんど祈《いの》るような気持ちだった。

杜屋はどうしてこの状況《じょうきょう》を打破《だは》する方法を見つけてくれないんだ？　杜屋なら、志村を助ける冴《さ》えたやり方を考え出してくれるはずなのに。ああでも、そうだ。杜屋は止めろと言っていた。こうなることを予想して、回避《かいひ》させようとしていたのだ。

だとしたら、これは俺《おれ》と志村に対する当然のむくいなんだろうか？　杜屋は忠告《ちゅうこく》してくれたのに。

けど……だからって、今殴《なぐ》られている志村を助けられないのは、間違《まちが》っている。

気づいた時は、俺《おれ》は杜屋との約束を破《やぶ》ってしまっていた。もう一度棒《ぼう》を振《ふ》りかぶった陽明の前に立《た》ちふさがり、代わりにそれを受ける。ガン、と骨《ほね》と棒《ぼう》がぶつかる鈍《にぶ》い音が身体《からだ》の中に響《ひび》いた。

「なんだお前は。席に着け！」

「こんなのどうかしてる。こんなのは先生がやることじゃない！」

腕《うで》が痛《いた》くてじんじんするが、それよりも目の前の悪に立ち向かうことのほうが重要だった。陽明は眉《まゆ》を吊《つ》り上《あ》げて怒《おこ》っているが、同時に楽しんでいるようにも見える。俺《おれ》は——いや、陽明塾《じゅく》の生徒たちは、陽明の支配欲《しはいよく》を満たすための道具なのだ。

「これ以上殴《なぐ》るっていうなら俺《おれ》を殴《なぐ》れ。いくらなんでも……やりすぎだ」

「正義《せいぎ》の味方にでもなったつもりか？　和登《わと》。お前だってこいつと同じくらいの馬鹿《ばか》のくせに」

「正義《せいぎ》の味方を気取るのに成績《せいせき》なんか関係ない。テストがなんだって言うんだ！　くだらない」

「くだらないだと？　はっ、そのくだらないテストで落ちこぼれているお前が言える言葉か？　良い成績《せいせき》を取ってから言え！」

「なら……次の塾《じゅく》内テストで満点を取ってやる」

俺《おれ》の口からは勝手に言葉が出てきた。ぽんと出てきた言葉に、陽明が鼻を鳴らした。

「できると思っているのか？　お前のような馬鹿《ばか》が？」

「もし取れたら……俺《おれ》と志村に謝罪《しゃざい》するか？」

挑《いど》むように言うと、いよいよ陽明が小馬鹿《こばか》にしたような顔をした。ややあって、陽明が言う。

「いいだろう。謝罪《しゃざい》してやる」

「本当か？」

「その代わり、取れなかったら相応《そうおう》の罰《ばつ》を受けてもらうぞ」

陽明はわざとらしく首を傾《かし》げると、嫌《いや》な笑《え》みを浮《う》かべて言った。

「そうだな……。お前は陽明塾《じゅく》をやめて、山河《やまかわ》ゼミナールの体験に行け」

山河ゼミナールというのは、駅前にある大きな塾《じゅく》だ。どういうつもりだ、と言うより先に陽明がにやりと笑う。

「そして、山河ゼミナールを荒《あ》らせるだけ荒《あ》らしてこい。前から目ざわりだったんだ。くれぐれも、俺《おれ》がやらせたとか言うんじゃないぞ」

信じられなかった。あろうことか、陽明は俺《おれ》にライバル塾《じゅく》を妨害《ぼうがい》するように命令している。そんなことをしたら向こうには多大なる迷惑《めいわく》がかかるだろうし、俺《おれ》だってどうなるかわからない。

「嫌《いや》ならこの馬鹿《ばか》な賭《か》けはなしだ。志村は陽明塾《じゅく》をクビ、それに……あのことも親に言いつけてやる」

志村の顔がサッと青くなった。

「あのこと……？」

俺《おれ》が思わずつぶやくと、陽明はうれしそうに続けた。

「こいつはな、塾《じゅく》の備品《びひん》を盗《ぬす》んだことがあるんだ」

「備品《びひん》を……？」

盗《ぬす》みという単語と目の前の志村が結びつかなくて、俺《おれ》は思わず志村のことを見てしまう。

志村の顔は熱でも出たんじゃないかと疑《うたが》うほど真っ赤だった。

「違《ちが》う……違《ちが》うんだ……」

「何が違《ちが》うんだよ？　俺《おれ》はしっかり覚えているぞ！　採点《さいてん》用の赤ペンを盗《ぬす》んだよな。空き教室に忘《わす》れられてた人のペンケースも盗《ぬす》んだだろ」

そんなはずないだろ、と言いかけたが、志村がぶるぶると震《ふる》えていたので言えなかった。

畳《たた》み掛《か》けるように陽明が言った。

「ちゃんと証拠《しょうこ》も押《お》さえてあるぞ。盗《ぬす》みに夢中《むちゅう》で撮《と》られてることにも気づかなかったからな！　こいつは泥棒《どろぼう》なんだ」

「違《ちが》う！　僕《ぼく》はやってない……やってないのに……」

志村はいよいよ泣き出していた。殴《なぐ》られてもこぼれなかった涙《なみだ》がぼろぼろとあふれていく。

母親が教育熱心だから——というだけじゃない。志村は、このネタで陽明に脅《おど》されていたのだ。だから、ただ塾《じゅく》をやめることはできなくて——。陽明の悪事を暴《あば》くしかなくて——。

それで、この作戦を決行したのだ。

「楽しみにしているよ、和登。お前の成績《せいせき》には、二人分の人生がかかってるんだからな」

陽明は手を軽く叩《たた》きながら、挑発的《ちょうはつてき》に言った。

俺《おれ》は陽明をにらみつけながら席に着いたが、内心は怖《こわ》くてたまらなかった。

死ぬ気で勉強したら満点が取れるだろうか。どうにかして瞬間記憶能力《しゅんかんきおくのうりょく》を生かして教科書を隅《すみ》から隅《すみ》まで覚えたら——そんなことができるだろうか？　範囲《はんい》がいったい何ページあると思ってるんだ？　でも、やらないと、俺《おれ》も志村もどうしようもない。

何より杜屋は……杜屋は、俺《おれ》のことをどう思っているだろうか。もう俺《おれ》を助手として思っていないかもしれない。俺《おれ》は杜屋の計画を邪魔《じゃま》してしまったんだから。そう思うと、これからのことを考えるよりもずっと気分が落《お》ち込《こ》んだ。
杜屋に合わせる顔がない。もしかしたら、俺《おれ》たちはもう解散《かいさん》かもしれない。

第十章

決意表明

授業《じゅぎょう》が終わって待ち合わせ場所に向かう途中《とちゅう》も、俺《おれ》は落《お》ち込《こ》んでいた。杜屋《もりや》が待ち合わせ場所にいないんじゃないかと思うと、逃《に》げ出《だ》したくなった。

けれど、杜屋はちゃんとそこにいてくれた。毎度の作戦会議の時と同じ顔で、俺《おれ》に向かって微笑《ほほえ》みかける。

「おつかれさま、尊《たける》くん」

杜屋が何か言うより先に、俺《おれ》は勢《いきお》いよく頭を下げた。

「悪い！　目立つなって言われたのに！」

頭を下げているせいで杜屋の顔は見えない。でも、そうじゃないと俺《おれ》は気まずくてまともに謝《あやま》ることすらできなかった。

「しかも……あんな、めっちゃくちゃ目立つ方法で……もう目つけられるとかのレベルじゃゃないよな。本当にごめん」

　ここから巻《ま》き返《かえ》す方法があるのか、俺《おれ》にはわからないし想像《そうぞう》すらできない。でも、計画云々《うんぬん》より、俺《おれ》は杜屋が俺《おれ》をどう思っているのかのほうが気になってしまっていた。

「……いい。僕《ぼく》も君に話したいことがあるんだ」

　少し間を置いてから、杜屋が言った。

　俺《おれ》は勢《いきお》いよく顔を上げて、杜屋を見る。

「尊くんがああやって飛び出していった時、正直戸惑《とまど》いは大きかったよ。そんなことをしたら目をつけられるに決まっているし……僕《ぼく》はちゃんと、志村《しむら》くんを止めるように言ったわけだから」

「ぐ」

　反論《はんろん》しようもない。けれど杜屋はニヤリとうれしそうな笑《え》みを浮《う》かべた。

「でも、あそこで君が志村くんをかばった時、スカッとしたんだ」

「え？」

「僕《ぼく》は陽明塾《ようめいじゅく》を潰《つぶ》すという大義《たいぎ》の下に、目の前の人を救うことができなかった。目立つのを避《さ》けるためとはいえ、あまり……良い行いではなかったと思う」

杜屋がめずらしくはっきりしない口調で言う。

「だから、尊くんがああして飛び出して行ったのは、正しいことだったよ」

それを聞いた瞬間《しゅんかん》、俺《おれ》の胸《むね》の中が熱くなった。別に、ほめられたくて志村をかばったわけじゃない。けれど、それを正しい行いだと言われた瞬間《しゅんかん》、俺《おれ》はどうしようもなくうれしくなった。俺《おれ》は正しいことをしたのだ、と心底確信《かくしん》できたようだった。

「正しい世界にしたい。目の前で誰《だれ》かが殴《なぐ》られるようなことにならないように」

そう言って、杜屋がスッと手を差し出してきた。

俺《おれ》は何かを言う前にその手をつかむ。俺《おれ》だってそのくらいの察しの良さは持っている。

「ピースは揃《そろ》った。寺田《てらだ》陽明を、倒《たお》そう」

杜屋が握《にぎ》った手に力を込《こ》めた。


「でもさ、結局どうするんだ？　まさか志村があんなことで脅《おど》されてるなんて思いもしなかったし……」

「そんなことをする人には見えないからね、志村くんは」

「そう！　そうなんだよ！　だから、なんで……」

「彼《かれ》は『やってない』と言っていたよね。だから多分……陽明にはめられたんだ。採点《さいてん》用の赤ペンが自分の持ち物にまぎれ込《こ》んでいるのを取り出したところと、盗《ぬす》んだ赤ペンを自分の懐《ふところ》に入れようとしているところの写真の区別はつかない」

「それじゃあ……志村は濡《ぬ》れ衣《ぎぬ》を着せられてるってことかよ！」

「子どもっていうのは本当に不思議な立場でね。成績《せいせき》が良いことが信頼《しんらい》できる人物であることに結びついてるんだ。本当はそんなの、まったく関係がないのにね」

「……成績《せいせき》の悪い志村の言葉なんて……誰《だれ》も信じないってことか」

悔《くや》しかった。これじゃあ志村があまりにも報《むく》われない。

すると、俺《おれ》の心を見すかしたかのように杜屋が言った。

「止めたほうが良いと言ったけれど……今となっては、志村くんが計画を実行してくれてよかったと思っているよ」

「えっ！　本当かよ！」

あまりにうれしくて、杜屋が俺《おれ》を喜ばせるために適当《てきとう》なことを言っているんじゃないかと思ってしまったくらいだ。けど、杜屋は真面目《まじめ》に続ける。

「志村くんのおかげでいくつかのことがわかった」

杜屋が俺《おれ》の目の前で指を振《ふ》ってみせる。

「まず、陽明塾《じゅく》に設置《せっち》されている金属探知機《きんぞくたんちき》は二つ。表にあるゲート式のものと裏《うら》にある足元探知《たんち》式のもの。どちらもアステリオス社のものだ」

そう言ってから、杜屋はタブレットを取り出した。志村と同じようにコインロッカーにでも預《あず》けていたのだろう。

そうして画面に映《うつ》し出《だ》されたのは、見覚えのあるゲートの図だった。

「これが、そのアステリオス社のゲートの取《と》り扱《あつか》い説明書だ」

「え⁉　なんでそんなもん持ってるんだよ！」

「インターネット上で誰《だれ》でも閲覧《えつらん》できるよ。レンタル・購入者《こうにゅうしゃ》用にＰＤＦが公開されているんだけど、僕《ぼく》みたいに顧客《こきゃく》じゃない人間も見るのは自由なんだ。仕様を確認《かくにん》してから検討《けんとう》したい顧客《こきゃく》もいるだろうしね」

たしかに……最近の家電なんかはそういうパターンが多いけれど……。金属探知機《きんぞくたんちき》までそうなっているとは思わなかった。そこから杜屋は金属探知機《きんぞくたんちき》は磁力《じりょく》を利用して——だとか、地面に埋《う》め込《こ》むタイプは埋《う》め込《こ》む深度が何メートルか厳《きび》しく定められていて、それは地中の成分が……とか、難《むずか》しいことを言っていた。真面目《まじめ》な話をしているのはわかるが、……正直ちょっとつらい。

俺《おれ》がぼんやりし始めているのに気づいたのか、杜屋が慌《あわ》てて話を戻《もど》した。

「今回のことでわかったのは、金属探知機《きんぞくたんちき》は感度操作《そうさ》式のものが採用《さいよう》されていることだ。職員《しょくいん》たちや陽明自身はふだんあの裏口《うらぐち》を通っているけれど、金属探知機《きんぞくたんちき》は作動していない。ということは、職員《しょくいん》がふだん通る時は感度を下げて、ある程度《ていど》の通信機器はひっかからないようにしているんだろう」

「で、今回は志村が持《も》ち込《こ》むと予想してたからどんなものでも引っかかるようにしてたってことか」

「そういうこと。現《げん》に、帰りは職員《しょくいん》たちが裏口《うらぐち》を通っても反応《はんのう》していなかったしね」

「それって何か大事なことなのか？」

「アステリオス社の金属探知機《きんぞくたんちき》にはAタイプとBタイプがあるんだ。感度が調整できるのはAタイプ……空港に設置《せっち》されたりするBタイプに比《くら》べたら、まだセキュリティーがゆるい機種だ」

「てことは、壊《こわ》れやすいとか？　さっき金属探知機《きんぞくたんちき》って磁力《じりょく》を使ってるって言ってたから、超強力《ちょうきょうりょく》な磁石《じしゃく》を持ってったら壊《こわ》せるとか？」

「さすがにそのくらい強い磁石《じしゃく》なんか持《も》ち込《こ》めないだろうし……何かしらで持《も》ち込《こ》めたとしても、その磁《じ》石《しゃく》で近くにある電子機器はすべて壊《こわ》れるよ」

「ダメかー……」

「けれど、これのおかげで詰《つ》められる」

杜屋はそう言って笑った。

「でもその前に……君が受けたとんでもない勝負をどうにかしないとね」

そうだ。俺《おれ》はこれから猛勉強《もうべんきょう》して、五教科満点を取らなくちゃならないのだ。考えるだけで恐《おそ》ろしい話である。これから来週土曜日の塾《じゅく》内テストまで徹夜《てつや》しなくちゃいけないかもしれない。

「あれは……俺《おれ》が受けた勝負だから、自分でなんとかする……」

「なんとかできるの？　いくら写真記憶《きおく》だって……むしろ写真記憶《きおく》だからこそ、テストは手こずると思うよ。そもそも陽明は二、三問は教科書の範囲外《はんいがい》の応用《おうよう》問題を入れてくる。単《たん》純《じゅん》な丸暗記じゃ太刀《たち》打《う》ちできないよ」

「じゃあ…………杜屋が、死ぬほど頑張《がんば》って、俺《おれ》が応用《おうよう》問題を解《と》けるくらいに鍛《きた》え上《あ》げるとか……」

「さすがに成功率《せいこうりつ》が一%を切っている計画には乗れないな」

ずけずけ言いやがって……と思ったが、その通りだ。

「勉強は教えない。でも満点は取らせてみせる」

そこから杜屋が語った『計画』は、正直信じられないものだった。けれど、納得《なっとく》がいく。俺《おれ》に勉強を教えるよりは、こっちのほうがまだ成功するだろう。


家に帰ると、めずらしく父親と鉢合《はちあ》わせた。仕事で飛び回っている父親は、夜に会うよりも明け方とか真っ昼間に会うことのほうがまだ多い。

「おかえり」

「久々《ひさびさ》に見たな。塾《じゅく》のほうはどうだ?」

台所に立ちながらビールを飲んでいる父親が聞いてくる。

「こういう時って学校はどうだって聞くんじゃないの」

「学校なんかそれなりに楽しいだろ。でも、塾《じゅく》は自分で選んで行くものだからな。楽しいとは限《かぎ》らない」

妙《みょう》な理屈《りくつ》だったが、塀戸《べいど》中学校での学校生活を思うがままに楽しんでいた父親らしい言葉でもあった。

「塾《じゅく》は……正直しんどい」

「しんどいか。お前、そんなしんどいところに行きたがったんだな」

「でも、息子《むすこ》が勉強してたらうれしくない？」

「勉強しようがしまいが、あんまりうれしさは変わらんな。オーストラリアが快晴《かいせい》だって聞いて『良かったね』とは思うけど『うれしいな』にはならんだろ」

よくわかるような、わからないような例えだ。一般的《いっぱんてき》に言ったら子どもが勉強したらうれしいはずだろう。でも、俺《おれ》の親は二人とも塀戸中学に入ってからはそういうことを一切《いっさい》気にしなくなった。改めて考えると……それは不思議なことだと思う。

「強《し》いて言うなら初音《はつね》は喜んでいたけどな」

初音というのは俺《おれ》の母親の名前だ。

「でもそれは、勉強したお前が何を成《な》し遂《と》げるかが楽しみだからだ。勉強そのものがうれしいわけじゃない。バスケとか、サッカーとかは、やってることそのものが面白《おもしろ》いけどな」

「勉強だってそのものが面白《おもしろ》いだろ」

と、俺《おれ》は思ってもいないウソをつく。父親は「そういうこともある」と、のんびり言った。
一瞬《いっしゅん》、ここで全部打ち明けたらどうなるんだろう……と思う。勉強をして成《な》し遂《と》げようとしていることは、悪い塾講師《じゅくこうし》をやっつけることだって。俺《おれ》はとんでもない勝負に巻《ま》き込《こ》まれていて、それ次第《しだい》では親にも迷惑《めいわく》をかけることになること。その勝負に勝つために、俺《おれ》はそれよりもっととんでもないことをしでかそうとしていること。全部を打ち明けて相談すれば、別の道がひらけるかもしれない。

でも、そうしなかった。

俺《おれ》は子どもだ。大人に頼《たよ》るべき部分が——頼《たよ》らなくちゃいけない部分がたくさんある、子どもだ。なのに、俺《おれ》は今杜屋と組んで、勝手なことをしようとしている。それは悪いことかもしれない。本当の正しさもまだわからない。

ただ、俺《おれ》は今ここに賭《か》けたいのだ。

「頑張《がんば》れよ」

父親は最後にそれだけ言って、自分の部屋に引《ひ》っ込《こ》んでいった。

そんなはずがないのに、俺《おれ》はこれからの計画を応援《おうえん》されているような気分になった。

第十一章

最高のカンニング大作戦

「古来さまざまなカンニング法が編《あ》み出《だ》されてきた。中国の『科挙《かきょ》』（＊7）を知っているかな？　大事な役人を登用するための試験で、科挙に通れば人生が変わるとすら言われていたものだよ。だからこそ、科挙ではカンニングが盛《さか》んだった。合格《ごうかく》したら官僚《かんりょう》として良い暮《く》らしが約束されてるんだから、そりゃあ張《は》り切《き》るよね」

ガラガラの車内でうんちくを語る杜屋《もりや》は、大振《おおぶ》りの眼鏡《めがね》をかけている。恐《おそ》らく変装《へんそう》のつもりなんだろう。対する俺《おれ》はいつも通りの格好《かっこう》——ただしパーカーとジーンズという休日仕様の格好《かっこう》だ。

「爪《つめ》ほどの大きさの本の中にびっしり問題の答えを書き写すカンニングだったり、変わり種だと下着に書《か》き込《こ》んだりね。みんなが必死に考えたんだ。現代《げんだい》の大学入試だとインターネットの発達により、試験中に質問《しつもん》サイトに投稿《とうこう》して解答《かいとう》を得るなんて方法も試みられた。良くも悪くも、試験っていうのは人生を変えてしまう。だから、不正にも熱が入る」

「なあ杜屋。平日に学校をサボって乗る電車って異世界《いせかい》感があるよな」

「ちょっと、僕《ぼく》の話を聞いてなかったの?」

「聞いてる聞いてる」

とはいえ、話半分にだが。

まさか学校をずる休みする日が来るだなんて思わなかった。なんだかんだで、二年に上がるまで俺《おれ》は皆勤賞《かいきんしょう》だったので、これが初めての休みである。たかが一日の欠席なのに、妙《みょう》に心がざわついた。不安で、けどワクワクする。

それはこれから実行する計画のせいなのか、それとも杜屋と一緒《いっしょ》に学校をサボったせいだろうか。

どっちにせよ、こんな気分になったのは小学生の頃《ころ》、微熱《びねつ》で学校を休み、家の中でゲームをした時以来だった。


*7「科挙」…中国の役人登用試験制度《せいど》。西暦《せいれき》600年頃《ごろ》の隋《ずい》の時代から1905年までの、約1300年余《あま》り続いた。過酷《かこく》な試験として知られており、試験は3日間小部屋に閉《と》じ込《こ》められて夜通し行われ、競争率《きょうそうりつ》が3千倍に達することもあった。

杜屋はふうと溜息《ためいき》をついて、俺《おれ》と同じように窓《まど》の外に流れる景色に目を向けた。

「たしかに、一般的《いっぱんてき》な中学生は学校をサボるとそんなふうに高揚《こうよう》するのかもしれない」

「お前もワクワクする？」

「ワクワクはしないかな。そもそも僕《ぼく》は学校というものにそこまで重きを置いていないから……」

「けっ、大人ぶってるだろ」

「大人とかの問題じゃないような……」

そう言ってから、杜屋が不意にこちらを向いた。そして猫《ねこ》のような笑《え》みを浮《う》かべる。

「こんな程度《ていど》でワクワクしてもらえるなら、これからも連れ出してあげようか。もっと楽しい目にあわせてあげよう」

「お前ってほんとに悪いやつ」

「それを知っててついてくる、君も悪いやつだよ」

杜屋はそう言って「もう一度計画を確認《かくにん》しよう」と言った。

「僕《ぼく》らはこれから、完璧《かんぺき》なカンニングをするんだ」

あの日、杜屋はそう話を切り出した。

「一九八〇年、とある名門大学の入試で使われたカンニング方法で、有名なものがある。とても画期的で、何人もの学生がそれで不正入学を果たした」

「そんな方法があるのか？　すごいカンニングペーパーを開発したとか？」

「試験中は試験監督《かんとく》に見張《みは》られているし、リスクが高い。カンニングペーパーを持《も》ち込《こ》んだところで、試験に出なければ意味がない。だから、最も確実《かくじつ》なところ……印刷所を狙《ねら》ったんだ」

杜屋が言うには、不正入試を受けた学生たちは印刷所で刷られた問題用紙を事前に入手し、すべての試験問題を把握《はあく》してから試験に挑《いど》んだらしい。なるほど、そうすれば合格《ごうかく》は余裕《ゆう》なはずだ。覚えなきゃいけないものの数が少なくて済《す》む。

「試験会場と違《ちが》って印刷所は警備《けいび》が厳《きび》しくないし、印刷所から試験会場に運ぶ時にも隙《すき》が生まれる。狙《ねら》うべきは印刷所だ——というのがその事件《じけん》のユニークな点だったんだ」

「なるほどなぁ……」

「僕《ぼく》らも、今回は先人にならおうと思う」

「お前まさか……印刷所を襲《おそ》うつもりなのか？　それで……問題を奪《うば》って逃《に》げる……的

な？」

「襲《おそ》うだなんて人聞きが悪い。僕《ぼく》らの目的はあくまで問題の答えだよ」

そう言って、杜屋がにこやかに言った。

「マークシートには自動採点《さいてん》を行うための、答えがあらかじめ埋《う》められている解答《かいとう》用のシートがあるはず。それを見つけて、君の記憶《きおく》の中にしまえばいい」

言われてハッと気がつく。わざわざリスクを背負《せお》って問題用紙を持ち出す必要はない。その場でマークシートそのものを覚え、テストの時にそのまま再現《さいげん》すればいいのだ。

「尊《たける》くん、陽明塾《ようめいじゅく》のマークシートに印刷されてた文字列を覚えてる？」

「『KJN8695000137』」

俺《おれ》はとっさに言う。写真記憶《きおく》使いが荒《あら》い、と思いつつ、覚えていてよかった、とも思う。

「あの数字、見た時から気になっていたんだ。尊くんみたいには覚えてはなかったけど。

……ああいうところに書いてあるものはたいてい製造《せいぞう》番号だと思ってたけど……」

杜屋がタブレットをすいすいと動かしていく。すると、一つの印刷所が現《あらわ》れた。

「ＫＪＮは雉野《きじの》印刷所……8695は桶屋町出張所《おけやまちしゅっちょうじょ》を示《しめ》すみたいだね。あとの000137は受験番号なんだろう」

「どこにあるんだそれ」

「桶屋町はここから電車で三十分くらい行ったところだよ」

見ると、雉野印刷所はそんなに大きな印刷所ではないようだった。

「ほとんど家族経営《けいえい》でやっているみたいだね。社員数は六人。いいじゃないか。素晴《すば》らしいことに、ここは運送まで手がけているようだ」

「そのままトラックが出るってことか」

「四日前納品《のうひん》で早割《はやわり》あり……つまり、土曜日に欲《ほ》しい品物を火曜日に納品《のうひん》してもらえば安いということか」

杜屋がホームページを確認《かくにん》しながらうなずく。

「だとしたら寺田《てらだ》陽明は、試験問題が火曜日に納品《のうひん》されるように依頼《いらい》してるかも」

「あいつが早割《はやわり》使うか？」

「使うんじゃないかな。陽明は見栄《みえ》っ張《ば》りだから、見えるところにだけお金を使う。でも、それ以外の部分ではなんとか節約しようとするはずだから」

「そうかな……」

「アステリオス社の金属探知機《きんぞくたんちき》も安いモデルだったし……それに、スーツもアルマーニ（＊8）

の偽物《にせもの》だったから」

「偽物《にせもの》？」

「納得《なっとく》したでしょ」

……すごい説得力だった。

「もし火曜日納品《のうひん》じゃないのなら、またトライすればいい。いちばんまずいのは、納品《のうひん》に間に合わないことだ」

だとしたら、最速で運ばれて行く時に合わせるのがいいんだろう。

「印刷所に乗《の》り込《こ》んで解答《かいとう》を盗《ぬす》み見《み》る……なかなかすごいな、計画」

「シンプルでいい」

杜屋が笑顔《えがお》で言うが、正直俺《おれ》は不安だった。あんまり口にしたくないその不安を、恐《おそ》る恐《おそ》る口に出す。

「覚えられなかったら……どうすればいいんだ？」

「覚えられないはずがない。だって君は、この杜屋譲《ゆずる》のパートナーなんだから」

＊8「アルマーニ」…イタリアの高級服ブランド。特に男性用《だんせいよう》のスーツが有名。

杜屋があっさりとそう言った。なんだよそれ、と笑ってやりたくなるような答えだ。

「覚えられなかったら別の方法で君に満点を取らせるよ。だから、そこまで気負わなくていい」

「……絶対《ぜったい》覚えてやるからな」

「その意気だよ」

杜屋が俺《おれ》の肩《かた》を叩《たた》いた。

五教科分、五枚《まい》のマークシートを『柄《がら》』としてすべて覚える。

それが俺《おれ》の最大にしてたった一つの仕事だ。


大それた計画に反して、始まりはとても穏《おだ》やかだった。

舞台《ぶたい》となる桶屋町はなかなかのどかなところで、人すらほとんど歩いていない。たまに犬の散歩をしているご婦人《ふじん》なんかが通りかかるくらいだ。駅前には店はなく、噴水《ふんすい》とベンチだけが鎮座《ちんざ》している。

「ここから十分ほど歩いたら、雉野印刷所桶屋町出張所だよ」

「なるほどなあ……なんか、うまく行きそうだな」

「どうしてそう判断《はんだん》したのかわからないけれど、侮《あなど》っていたら思いがけない目にあうかもしれないよ」

杜屋はそう忠告《ちゅうこく》したが、雉野印刷所に着いてもなお、俺《おれ》はあんまり緊張《きんちょう》していなかった。白くて四角い印刷所の周りには綺麗《きれい》なパンジーが咲《さ》いていて、のどかな雰囲気《ふんいき》である。

駐車場《ちゅうしゃじょう》に停《と》まった一台の軽トラックが配達用のものだろう。

ちょうど、頭がすっかり白くなったおじいちゃんが、大きな箱を軽トラックの中に積《つ》み込《こ》んでいるところだった。箱の側面にはご丁寧《ていねい》に『陽明塾《じゅく》』と書いてある。心臓《しんぞう》が大きく跳《は》ねた。あれが、俺《おれ》たちのマークシートなのか？

「どうする？」

「僕《ぼく》があのおじいさんを引きつける。その隙《すき》に軽トラックの荷台に入ってくれ」

「はあ!?　マジかよ！」

口ではそう言ったものの、やるしかないことはわかっていた。

杜屋がおじいさんの前に出て行った。作戦開始だ。

「おじいさんすいません！」と、杜屋がハキハキとした口調で言った。

「うん？　どうしたんかね」

「実は……うちの飼《か》い猫《ねこ》がいなくなってしまって。さっきまでこの辺りにいたんですけど……」

「もしかして、トラックの下入っちゃったかね」

おじいさんが荷台から目を離《はな》し、車の下をのぞき込《こ》む。その瞬間《しゅんかん》、俺《おれ》はなるべく音を立てないようにして、荷台へと駆《か》け寄《よ》った。中に身体《からだ》を滑《すべ》り込《こ》ませ、段《だん》ボールの山へと向き直る。外から杜屋の咳《せ》き込《こ》む音が聞こえてきた。

「おいおい、大丈夫《だいじょうぶ》か？」

「すいません。朝からずっと捜《さが》し回《まわ》ってるので……」

「ちょっと待ってな。お茶持ってくる」

おじいさんがバタバタと慌《あわ》ただしく印刷所のほうへ戻《もど》っていく足音がした。杜屋はきっと、ものすごくけなげな少年に見えていることだろう。声だけでも、杜屋がそういうふうに作《つく》り込《こ》んでいるのがわかる。あのおじいさんみたいな人の良さそうな相手には、杜屋はなおさら利《き》くだろう。

俺《おれ》は丁寧《ていねい》に梱包《こんぽう》を開け、中をたしかめる。五つ箱があるから、きっとこれが五教科のマークシートに対応《たいおう》しているはずだ。最初の箱を開けると、国語の問題用紙と一緒《いっしょ》に、あらかじ

め解答《かいとう》が印刷されているマークシートがあった。ビンゴだ！

俺《おれ》は集中してマークシートを記憶《きおく》する。これだけは忘《わす》れちゃダメだ。絶対《ぜったい》に記憶《きおく》する。陽明のことを倒《たお》すために。志村《しむら》のことを救うために。そして何より、杜屋の期待にこたえるために。

「妹がずっと泣いているんです。両親が離婚《りこん》して……母が残していったのがその猫《ねこ》なんです」

「はあ、なるほどなあ。そりゃあ妹さんも気が気じゃないだろうなあ……」

「猫《ねこ》が見つかるまで学校に行かないって言うので……今日は僕《ぼく》が捜《さが》すからって説得したんですけど」

杜屋はすさまじいウソでおじいさんの気を引いていた。妹、それに猫《ねこ》。杜屋が使っているのは、人が同情《どうじょう》するツートップのものである。……妹のためを盾《たて》にして、どうして学校をサボっているのかのところまでカバーしている。

これはある意味で、子どもにしか——中学生にしか使えないような手だ。自分を弱く見せて、信用させる。

杜屋が提唱《ていしょう》し、実践《じっせん》しようとしていること。

そんなことに気を取られている場合じゃない。俺《おれ》は早く解答《かいとう》を覚えなくちゃならないのだ。頭の中で写真を撮《と》って、しまい込《こ》む。興味《きょうみ》があるとかないとかはもう関係ない。やるしかないのだ。

何より俺《おれ》を困《こま》らせたのが、開けた段《だん》ボールをとじる作業だった。丁寧《ていねい》にガムテープをはがして中をのぞいた後は、はがした跡《あと》をおおい隠《かく》すように新しいガムテープを貼《は》る。丁寧《ていねい》にやらないとはみ出て不審《ふしん》がられてしまうので、できる限《かぎ》りそっとやらなくちゃならない。でも、遅《おそ》くなってもダメだ。

初対面であるのが信じられなくなるくらい、おじいさんと杜屋の会話は弾《はず》んでいた。でも、それだって永遠《えいえん》に続けられるわけじゃない。

「そろそろ配達に行かないといけない時間だ。猫捜《ねこさが》し手伝ってやりたかったけども……そうだ。配達が終わって戻《もど》ってきて、まだ見つかってなかったら、その時もう一度捜《さが》してやろうか」

「ありがとうございます、その時はよろしくお願いします」

まずい！　話が終わる！　そりゃそうだ、このトラックはもう出発するところだったのだ。そう猶予《ゆうよ》があったわけじゃない。

俺《おれ》の記憶《きおく》もあと少しに差《さ》し掛《か》かっていた。最後の一教科。数学の解答《かいとう》さえ覚えてしまえば――。

トラックのエンジン音が響《ひび》き始めた。俺《おれ》の足元が揺《ゆ》れ始める。

トラックが陽明塾《じゅく》へと向かって行くのを見て、杜屋は眉《まゆ》を寄《よ》せていた。厳《きび》しい表情《ひょうじょう》で溜《ため》息《いき》をつき、焦《あせ》ったようすで辺りをうろうろする。

「どうしよう……まさか尊くんが乗っていってしまうなんて」

杜屋がそうひとりごちた。その辺りで、俺《おれ》はたまらず噴《ふ》き出《だ》してしまった。それに気づいた杜屋が「ん？」と不思議そうに振《ふ》り返《かえ》り、めずらしい仏頂面《ぶっちょうづら》を浮《う》かべる。

「どうした杜屋。俺《おれ》がトラックで運ばれてったかと思ったか？」

ギリギリではあったが、俺《おれ》はちゃんとトラックから飛《と》び降《お》りることに成功していた。本当はすぐに出て行ってもよかったのだが、不安げにトラックを見つめる杜屋のことを見ていたら、どうしてもイタズラ心がわいてしまった。あいつは、俺《おれ》に見られてないと普通《ふつう》の子どもみたいな顔をするんだな。

「おい杜屋？　おーい？」

杜屋はしばらく無表情《むひょうじょう》で俺《おれ》のことを見つめた後、ゆっくりと口を開いた。

「君さ……自分で思ってるよりもジョークセンスないってわかってる？」

「ごめんって！　そんな怒《おこ》るなよ！」

「これで覚えてなかったら、さすがの僕《ぼく》も苦笑いだけど」

「まかせろ。覚えたよ」

それを聞いた瞬間《しゅんかん》、杜屋が楽しそうに笑った。さっきとはまるで違《ちが》う表情《ひょうじょう》だ。

「さすがは君だ。これで最後のピースが手に入ったよ」

「今、成功確率《かくりつ》ってどんくらいだ？」

果たして、杜屋は言った。

「一〇〇％じゃなければ、それは僕《ぼく》の計画とは呼《よ》べない」

第十二章

勝負の日

こうして、俺《おれ》たちは塾《じゅく》内テストを迎《むか》えた。

ちゃんと準備《じゅんび》をしてきたから、緊張《きんちょう》はなかった……と言えたら決まっているだろう。でも、実際《じっさい》は心臓《しんぞう》がばくばく言ってて、全然冷静じゃなかった。

認《みと》めざるを得なかった。俺《おれ》は陽明《ようめい》が怖《こわ》かった。計画が失敗したら——そう思うと、恐怖《きょうふ》で目の奥《おく》が痛《いた》む。

でも、俺《おれ》は自分と杜屋《もりや》を信じている。

俺《おれ》たちは絶対《ぜったい》にやり遂《と》げられる。そうじゃなきゃ『勉強』した意味がない。

俺《おれ》は時間を確認《かくにん》してから家を出て、陽明塾《じゅく》に向かった。テストは八時半からだ。

陽明塾《じゅく》の近くでは今日も変わらず工事をしていた。今まで意識《いしき》していなかったが、ここにはドローン教室と回転寿司《ずし》ができるらしい。今流行《はや》りの組み合わせなのだろうか？

どんなものができるにせよ、陽明塾《じゅく》の隣《となり》にあったらすべてが台なしだとも思う。陽明塾《じゅく》は外から見えないよう、今日も徹底的《てっていてき》に厚《あつ》いカーテンが閉《し》められていた。誰《だれ》かが悲鳴を上げても、おいそれと聞こえない。

中が見えるのは正面玄関《げんかん》入口のガラス扉《とびら》のみだ。金属《きんぞく》の大きなゲートが見える。杜屋が説明していた、なんとかって会社のAタイプだ。

わざわざスマートフォンを取り出して時間を確認《かくにん》する。時刻《じこく》は七時五十八分。最高の時間だ。

俺《おれ》は大きく深呼吸《しんこきゅう》をしてから、一歩足を踏《ふ》み出《だ》した。その瞬間《しゅんかん》、塾《じゅく》の中が暗くなった。

『停電』だ。

外からでもわかるくらい、中がざわついている。陽明塾《じゅく》は基本的《きほんてき》に外から見えないようになっているので、中に光が入らない。早めに塾《じゅく》に来ていた塾生《じゅくせい》たちは暗闇《くらやみ》の中に閉《と》じ込《こ》められることになって、軽くパニックを起こしているようだった。それでも無理に動こうとしない辺り、冷静で優秀《ゆうしゅう》である。

杜屋は大丈夫《だいじょうぶ》だろうか？　心配されるほうが心外だろうが、それでも気になってしまう。そうこうしているうちに塾内《じゅく》が明るくなり——……。

塾《じゅく》内からこちらをにらんでいる陽明と目があった。

思わずぞくりとする。陽明はまるで悪意の塊《かたまり》だった。吊《つ》り上《あ》がった眉《まゆ》、らんらんと光る瞳《ひとみ》、口元が奇妙《きみょう》にゆがんでいる。

「非常事態《ひじょうじたい》だ！　塾生《じゅくせい》は全員外に出ろ！」

外まで聞こえるような大声で陽明が言い、中にいた塾生《じゅくせい》が雪崩《なだれ》のようにあふれ出ている。その中には杜屋の姿《すがた》もあったが、人混《ひとご》みにまぎれてすぐに見えなくなってしまった。

塾生《じゅくせい》たちが一列に並《なら》び、再度金属探知機《さいどきんぞくたんちき》に掛《か》けられていく。俺《おれ》はスマホを持ったまま、じっとそれを見つめていた。

そうしている間に、陽明がこちらへと近づいてくる。顔が引きつっていない自信がない。

そんな俺《おれ》を見て、陽明はなんだか勢《いきお》いづいたようだった。

陽明が俺《おれ》の肩《かた》をつかむ。

「お前のたくらみなんて、俺《おれ》は全部わかってるんだよ」

何を、と言うより先に陽明が続けた。

「『午前八時から工事により一瞬《いっしゅん》停電が起こる』。お前、これを知ってたからそれを狙《ねら》って来たんだろう」

陽明が近くの壁《かべ》に貼《は》ってあったお知らせを示《しめ》す。工事のためにご迷惑《めいわく》をおかけします、の文章。さっきまでまるで気にならなかった工事の音が、やけに大きく聞こえた。

「停電の間なら金属探知機《きんぞくたんちき》を通過《つうか》できると思ったか？　浅知恵《あさぢえ》だなあ。試験が半からだから、わざわざ塾生《じゅくせい》全員を外に出して再《さい》チェックするとは思わなかった？　ん？」

「……何を言っているのか全然わからない」

「往生際《おうじょうぎわ》が悪いな、負《ま》けず嫌《ぎら》いめ。どうせお前はそのスマホを持《も》ち込《こ》めなかった。全部無《む》駄《だ》だったんだよ」

俺《おれ》は手の中のスマホを見る。たしかに、さっきの停電の最中ならこれを持って中に入れた。陽明からすれば、最大のチャンスを逃《のが》したマヌケに見えるんだろう。

そもそも、こうして陽明がしつこくチェックをやり直すなら、そんなことをしても意味なかったわけで——。

「何の話をしているのか全然わからない。俺《おれ》は直前まで復習《ふくしゅう》をしたい。大事なテストがあるんだ」

俺《おれ》は固い口調で言った。

「人生がかかったテストだもんな。それじゃあ何か間違《まちが》いが起こらないように、陽明先生がしっかりとお前の入塾《にゅうじゅく》を見届《みとど》けてやろう」

忌々《いまいま》しそうというよりはむしろ楽しそうに陽明が言う。

馬鹿《ばか》な中学生をやり込《こ》めてやった、という快感《かいかん》がその声には満ちていた。

「それで気が済《す》むなら、好きなだけチェックするといい」

「ああ。私《わたし》はお前を少しも信用していないからな」

その言葉通り、陽明は俺《おれ》の手荷物を嫌《いや》がらせとしか思えないレベルでしっかりとチェックした。そのおかげで、割《わり》と最初のほうに着いたのに、教室内に入るのは俺《おれ》が最後だったくらいだ。

「結局、カンニングに役立つものは何も持《も》ち込《こ》めなかったな」

教室まで俺《おれ》を連行しながら、陽明が言う。

「……なあ、寺田《てらだ》陽明。俺《おれ》が今日満点を取ったら、あんたはちゃんとうれしいか？」

思いがけない質問《しつもん》だったのか、陽明が一瞬《いっしゅん》妙《みょう》な顔をする。そこからまたさっきの嫌《いや》な笑顔《えがお》を向けて、陽明が言った。

「うれしいに決まってるだろ？　お前だってまがりなりにも陽明クラスの一員なんだから

な」

ウソつきめ、と俺《おれ》は思う。

「なら、俺《おれ》は今日、お前を死ぬほど喜ばせてやる」

俺《おれ》は静かに言った。

陽明からすれば、これは単なる虚勢《きょせい》に映《うつ》ったらしい。まるで気にも留《と》められていないようだ。

だが、これは虚勢《きょせい》なんかじゃない。

完璧《かんぺき》な計画の、詰《つ》めの一手だ。

教室にはすでに杜屋がいた。相変わらず、こちらには少しも視線《しせん》を寄越《よこ》さない。それでこそだ。

席に着く。問題用紙とマークシートが配られる。

火曜日に見たあのマークシートが、俺《おれ》の前にある。

神様には祈《いの》らなかった。祈《いの》るべきは俺《おれ》の記憶力《きおくりょく》だ。

鉛筆《えんぴつ》を握《にぎ》り、俺《おれ》は星座《せいざ》のような『解答《かいとう》』を思い出す。

塾《じゅく》内テストの結果は、一時間ほどで出る。

自信がなかったわけじゃないが、正直生きた心地《ここち》がしなかった。相変わらず杜屋との距離《きょり》は遠いし、志村《しむら》はこのテストをそもそも欠席していた。

俺《おれ》は俺《おれ》の記憶《きおく》と孤独《こどく》に向き合うしかなかった。

これは俺《おれ》が杜屋の相棒《あいぼう》としてちゃんとやっていけるかを試《ため》されているようなものでもあった。ここで間違《まちが》えたら、俺《おれ》は俺《おれ》を誇《ほこ》れない。

永遠《えいえん》と見紛《みまご》うような時間が経《た》って、ようやく陽明クラスの扉《とびら》が開いた。

陽明は能面《のうめん》のような無表情《むひょうじょう》を浮《う》かべていた。

「テストの結果を発表する」

教壇《きょうだん》のところに立ち、陽明が静かに言った。

「今回の一位、杜屋譲《ゆずる》、満点」

一語一語を区切るようだった。

そのまま、陽明が続ける。

「同じく一位……和登尊《わとたける》、満点」

俺《おれ》の全身をぞわぞわとしたものがはい上がる。思わず叫《さけ》び出しそうだった。

俺《おれ》が立ち上がるのと、陽明が思い切り教卓《きょうたく》を蹴《け》るのは同時だった。

「満点を取れるはず……ないだろうが！　カンニングか!?　ふざけるなよ、和登！」

びりびりと鼓膜《こまく》が震《ふる》える声量だったが、俺《おれ》は臆《おく》せずに陽明のほうへと歩いて行く。

「杜屋だって満点を取っているはずです。満点が取れないなんてことはないでしょう」

陽明に対峙《たいじ》した俺《おれ》は、冷静にそう返した。

生意気なことに杜屋は自分もちゃっかり満点を取っていた。そのお陰《かげ》で、俺《おれ》の点数への信《しん》憑性《ぴょうせい》が増《ま》した。それに、俺《おれ》の写真記憶《きおく》を知らない陽明には、不正の方法は絶対《ぜったい》にわからないだろう。

……そうじゃなくても、信じる選択肢《せんたくし》はあるんじゃないか、とも思ってしまう。俺《おれ》が本当に勉強を頑張《がんば》って、テストで良い成績《せいせき》を取っただけかもしれないのに。その可能性《かのうせい》をはなから信じないのが、寺田陽明という男だった。……それは果たして、教育者といえるんだろうか？

「言《い》い訳《わけ》は見苦しいぞ、陽明。謝《あやま》ってもらおうか。志村にも、俺《おれ》にも！　馬鹿《ばか》にしてたやつらに見返される気分はどうだ？」

陽明がグッと言葉を詰《つ》まらせる。そして、ひどく悔《くや》しげな表情《ひょうじょう》が浮《う》かんだ。陽明塾《じゅく》に来て初めて見た表情《ひょうじょう》だった。

そして、陽明はフッと毒気の抜《ぬ》かれた表情《ひょうじょう》になった。穏《おだ》やかなような、憑《つ》き物《もの》が落ちたような、そんな顔だ。

俺《おれ》は一瞬《いっしゅん》あっけに取られる。そうしているうちに陽明が一歩俺《おれ》のほうに近づいてきて
——。

俺《おれ》はそのまま殴《なぐ》りつけられた。

想像《そうぞう》していなかった展開《てんかい》に、俺《おれ》はバランスを崩《くず》して床《ゆか》に倒《たお》れた。

陽明はとても冷たい目で俺《おれ》のことを見下ろしていた。

「いいや、お前は不正をしたんだ。やり方はわからないが、それだけはわかっている」

「証拠《しょうこ》もないのに塾生《じゅくせい》を殴《なぐ》りつけていいのかよ……！」

「いいんだよ。なぜなら私《わたし》はここの塾長《じゅくちょう》だからだ。この塾《じゅく》も塾生《じゅくせい》も、私《わたし》のものだ」

怒《おこ》っているはずなのに、陽明の口調は妙《みょう》に平坦《へいたん》だ。それが何より恐《おそ》ろしい。

「何が満点だ。そんなもの何の意味もない。謝《あやま》るわけがないだろうが、この、私《わたし》が。約束を破《やぶ》ろうが、お前を殴《なぐ》ろうが構《かま》わない。私《わたし》はお前より絶対的《ぜったいてき》に上なんだ」

それが陽明の本音なんだろう。それに、実際《じっさい》に今まではそうだったのだ。好き放題やって

も、誰《だれ》も陽明のことをとがめない。

「……そんなこと言っていいのかよ。知ってるんだぞ、お前……成績《せいせき》を売ってるだろ」

俺《おれ》の言葉に、陽明の表情《ひょうじょう》が変わった。

「は……？」

「お金を払《はら》った生徒に良い成績《せいせき》を取らせるよう、あらかじめテストに細工してる。そりゃあ塾《じゅく》は繁盛《はんじょう》するよな。塾代《じゅくだい》の他《ほか》にそんな収入《しゅうにゅう》があるんだから……」

陽明がわなわなと震《ふる》え出す。それを見て俺《おれ》はニヤリと笑った。

印刷所のトラックに忍《しの》び込《こ》んだ時、茶色い包みに入って寄《よ》せられていたマークシートを見つけた。印刷されている受験番号が飛び飛びで、これは何なんだろうと不思議だった。このせいで気を取られ、記憶《きおく》に余計《よけい》な時間がかかってしまったわけである。

杜屋と合流してその話をすると、杜屋は目を丸くして言った。

「なるほどね……その並《なら》びだとすると……後東田《ごとうだ》くん、景浦《かげうら》さん、尾茂《おしげ》くん、相模《さがみ》くん……」

急に名前をつぶやきだした杜屋に対し、首を傾《かし》げる。すると、杜屋は厳《きび》しい顔つきをして言った。

「塾《じゅく》内テストも、塾生《じゅくせい》はあの成績順《せいせきじゅん》の座席《ざせき》で受けるだろう？　受験番号は通しで振《ふ》られていて、恐《おそ》らくは最初は陽明クラスから下のクラス、そして塾生《じゅくせい》外の人間までと後ろに向かっていくんだ」

俺《おれ》は塾生《じゅくせい》じゃない時に受けたテストの受験番号が一三七番だったことを思い出した。

「ということは、特定の塾生《じゅくせい》の解答《かいとう》用紙だけ分けられてたってことか？　何のために？」

「目的は君と同じだろうね。でも、やり方はもっと簡単《かんたん》なはずだ。成績《せいせき》のデータを入力する時に、特定の番号の解答《かいとう》用紙だけ点数をプラスしておけばいいんだから」

「塾《じゅく》内テストでズルさせてどうするんだろうな。学校での試験とか受験に関係ないだろ」

「けれど、寺田陽明に怒《おこ》られずに済《す》む」

杜屋は静かに言った。

「推測《すいそく》だけれど——彼《かれ》は成績《せいせき》を売っているんじゃないかな。怒《おこ》られない権利《けんり》として、周りから馬鹿《ばか》にされない権利《けんり》として。ふだん怒《おこ》られている塾生《じゅくせい》を見れば、その恐怖《きょうふ》から逃《のが》れるために買う塾生《じゅくせい》は出てくるだろう。しかるべき時に、ここも突《つ》いてやれるかもしれない」

今がその『しかるべき時』だ。

「お前があやって塾生《じゅくせい》をいじめるのは、商売にも役立つからなんだろ？　誰《だれ》も理不尽《りふじん》に責《せ》められたくない。怖《こわ》い目にあいたくない。だから、お前に金を払《はら》って成績《せいせき》を買う！　お前のどこが先生なんだ！」

「お前は……頑張《がんば》っている仲間にそんな疑《うたが》いをかけるのか？　なんてやつだ、恥《は》ずかしいと思わないのか？」

陽明は引きつった顔で言う。誰《だれ》が見たって、陽明は認《みと》めたも同然だった。

その瞬間《しゅんかん》、泣き声が聞こえた。

「……僕《ぼく》だってこんなこと、やりたくない……」

泣いているのは後東田だった。

「今は調子が悪い時期だから、ほんの少しだけ『アシスト』してもらうだけ、そのつもりだったのに……気づいたらずっと払《はら》うようになって……親の財布《さいふ》からお金を抜《ぬ》いて……それでも、一位じゃないと、」

えずくような調子で続く後東田の言葉が、教卓《きょうたく》を殴《なぐ》る音にかき消された。

「どう～してここでそんな馬鹿《ばか》なことを言い出すんだよ。馬鹿《ばか》だ馬鹿《ばか》だと思ってはいたが、お前は本当に救いようがないな」

陽明の言葉に、後東田がひくっと喉《のど》を鳴らす。

「私《わたし》は情《なさ》けを掛《か》けてやったんだよ。自分が馬鹿《ばか》なことを認《みと》められず情《なさ》けなくすがってくるやつらに、はした金で救済措置《きゅうさいそち》をくれてやったんだ。それなのに、お前まで私《わたし》を裏切《うらぎ》るんだな！」

陽明が後東田をにらみつける。俺《おれ》は思わず叫《さけ》んだ。

「いくら払《はら》ったのか知らないけど、はした金なんかじゃないだろ……親の財布《さいふ》に手をつけてるんだぞ」

「威勢《いせい》がいいなあ、和登。もう一発殴《なぐ》ってやろうか？」

陽明が嫌《いや》な笑《え》みを浮《う》かべる。俺《おれ》はもう一発を耐《た》えるために、グッと覚悟《かくご》を決めた。

「先生、少しいいですか」

杜屋の声は、教室によく響《ひび》きわたった。

まるで、杜屋のところだけスポットライトが当たっているかのように、杜屋の輪郭《りんかく》が光り輝《かがや》いている。

第十三章

『証明《しょうめい》終了《しゅうりょう》』

「それ以上続けるのは、あまりおすすめしません」

「なんだぁ……杜屋《もりや》？　突然《とつぜん》……」

お気に入りだった杜屋に口を挟《はさ》まれて、どう反応《はんのう》していいのかわからないのだろう。たどたどしい口調で陽明《ようめい》が返す。

「みんながこれからの行方《ゆくえ》を気にしているようですから」

そう言って、杜屋は笑顔《えがお》でスマートフォンを取り出した。

暗くて見づらいが、それは配信画面のように見えた。つまり、今のこの教室の音声がリアルタイムで配信・記録されているということでもある。

『配信停止』の文字が浮《う》かぶのと入《い》れ替《か》わるように、陽明の顔がいよいよ真っ青になった。

「お前……それをどうした⁉」

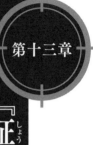

「堂々とポケットに入れて持《も》ち込《こ》みました。成績《せいせき》が良かったからかあまり深く調べられず、ありがたかったです」

「ウソだ！　そんなはずがないだろう！　停電の後、全員外に出して金属探知機《きんぞくたんちき》を通らせた！　杜屋も通ったはずだ！」

「そうですね、通りました。設定《せってい》感度が大幅《おおはば》に下がった、不真面目《ふまじめ》な探知機《たんちき》を」

杜屋の言葉を聞きながら、俺《おれ》はあの日聞いた計画を思い出す。

「やはり、あの金属探知機《きんぞくたんちき》を突破《とっぱ》するのが鍵《かぎ》になるだろうね。陽明はテストの後、絶対《ぜったい》に暴走《ぼうそう》する。君に満点を取られるなんて想像《そうぞう》もしていないだろうから」

「陽明が心の底から反省して謝《あやま》る可能性《かのうせい》があると思うか？」

「だとしたら僕《ぼく》もこの世界のことがもっと好きになりそうだけど」

皮肉げに杜屋が言う。俺《おれ》も全然想像《そうぞう》ができない。

陽明は絶対《ぜったい》に約束を破《やぶ》る。それどころか、どうにかして俺《おれ》をカンニング犯《はん》に仕立て上げようとするに違《ちが》いない。その時に陽明がどの程度《ていど》まで暴《あば》れるかはわからないが……少なくとも、口汚《くちぎたな》くののしられるくらいは覚悟《かくご》しておいたほうがいいだろう。むしろ、派手《はで》にののしってくれたほうが証拠《しょうこ》としてのインパクトは強くなるはずだ。

「でも、持《も》ち込《こ》むったってどうするんだ？　あの金属探知機《きんぞくたんちき》、壊《こわ》すのは大変なんだろ」

「壊《こわ》すのは無理だから、おとなしくしていてもらうつもりだ」

そう言って、杜屋が人さし指を立てた。

「当日の計画はこうだ。まず、僕《ぼく》が陽明塾《じゅく》に先に入る。そして、八時になったら陽明塾《じゅく》の一階を『停電』させる」

「そんなことできるのか？　あ、ビルの電線を切るとか？」

「できないね。できたら楽しそうだけど」

杜屋が本当に楽しそうに笑う。そして、真面目《まじめ》な表情《ひょうじょう》を見せた。

「一階の廊下《ろうか》の突《つ》き当《あ》たりに、子ブレーカー（＊9）がある。あれを落とすんだ。そうすれば、少なくとも一階全体は停電させられる」

俺《おれ》は家にあるブレーカーを思《おも》い浮《う》かべる。確《たし》かに、あれをバツンと落としてしまえば、電

＊9「ブレーカー」…電線に流れる電流が大きくなりすぎたときに、自動的に電気を止める安全装置《そうち》。手動で電気を止めることもできる。

気は使えなくなる。けど──。

「急に電気が落ちたらみんなブレーカーを見に来るだろ。そうしたらすぐに復旧《ふっきゅう》させられるんじゃないか？　それに、ブレーカーの近くにいたってことでお前が怪《あや》しまれるだろうし……」

「だから、あらかじめこれを貼《は》って見せておく」

杜屋が取り出したのは、やけにかしこまった文章がびっしり書かれた紙だった。

「『工事に伴《ともな》う瞬間《しゅんかん》停電のお知らせ』……」

要するに、近隣《きんりん》の工事の関係で午前八時頃《ごろ》に瞬間的《しゅんかんてき》な停電が起こると思いますスイマセン、一分程度《ていど》で復旧《ふっきゅう》するので安心してください、という工事業者からのお知らせの紙だった。

「へえ、工事中の停電なんてあるんだな。つまりはこれに乗じて金属探知機《きんぞくたんちき》を突破《とっぱ》するってこと？　やるな」

「よくできてるでしょう、これ。よかった」

会話が少しかみ合っていないような気がする。あれ、と違和感《いわかん》の正体にたどり着く前に、杜屋が言った。

「これ、僕《ぼく》が作った偽《にせ》のビラなんだ」

「偽物《にせもの》!?　本物にしか見えないぞ」

「本物のビラだって一般《いっぱん》フォント（＊10）とデフォルトのワードソフト（＊11）で作られているんだから、これだって『本物』だよ」

言われてみればその通りだった。そこでしか見かけない特別なフォントで作られたビラなんか、俺《おれ》は知らない。

「これを二、三日前から陽明塾《じゅく》の近くに貼《は》る。寺田《てらだ》陽明なら絶《ぜっ》対《たい》に確認《かくにん》するだろう。そして、頭にしっかりと置いておくに違《ちが》いない。だからいざ停電が起きても、ブレーカーのほうを疑《うたが》わない。停電が長引けば他《ほか》の原因《げんいん》を疑《うたが》うだろうけど、前もって知らされていた通り一分程度《ていど》なら大丈夫《だいじょうぶ》だ」

「なるほど！　これでスマホを持《も》ち込《こ》めるな！」

「残念ながら、それはできない」

＊10「フォント」…ひとそろいの文字のデザインのこと。書体ともいう。
＊11「デフォルトのワードソフト」…「デフォルト」は、初期状態《じょうたい》のこと。ワープロソフト「Microsoft《マイクロソフト》 Word《ワード》」を、ごく一般的《いっぱんてき》な状態で使用しているということ。

「え、なんでだよ！」
「仮《かり》にこの一分間の停電の時に金属探知機《きんぞくたんちき》をクリアできたとして……停電の後、寺田陽明は
どうすると思う？」
「どうするって……あ、」
俺《おれ》は気づいてしまう。俺《おれ》が陽明だったらどうするか、を思いつく。
俺《おれ》が陽明なら、塾《じゅく》内にいる生徒をいったん全員外に出すだろう。それで探知機《たんちき》に引っか
かる塾生《じゅくせい》がいないかどうかをチェックするのだ。疑《うたが》わしきは出せ、ということである。こ
れでは停電なんて何の意味もない。
「じゃあ、なんで停電なんか起こすんだよ」
「君は金属探知機《きんぞくたんちき》を使えなくすることだけに注目しているようだけど、停電の目的はそれじ
ゃないよ」
杜屋はそう言って笑った。
「停電が復旧《ふっきゅう》した時に、あなたは真っ先に電子機器の持《も》ち込《こ》みを疑《うたが》い、塾生《じゅくせい》を全員外に出
しました。この停電を見込《みこ》んで電子機器の持《も》ち込《こ》みを行う人間がいるんじゃないかと、あな

たは最初から疑《うたが》ってたんでしょうしね」

「だがおかしい、あの時――中から外に出る時、引っかかった塾生《じゅくせい》はいなかった……最も疑《うたが》わしい和登《わと》のやつは外にいて……ああ、このマヌケは停電中に塾《じゅく》内に入れなかったんだろうと……」

「ええ、スマホを持って外に立っている尊《たける》くんを見て、僕《ぼく》らの計画は阻止《そし》できたと安心したでしょうね」

杜屋がダメな生徒を叱《しか》る先生のような口調で言う。

「けれど、なっていませんね。目に付いた答えに飛びつくなんて」

それは、かつて陽明が志村《しむら》を罠《わな》にハメた時に言った言葉だった。

「尊くんはおとりですよ。僕《ぼく》らの狙《ねら》いが停電中にスマホを中に持《も》ち込《こ》むことだと思わせるためのおとり。本当の狙《ねら》いは、金属探知機《きんぞくたんちき》そのものでした」

「おとり……だと？」

「僕《ぼく》は停電によって視界《しかい》を奪《うば》いたかっただけなんですよ。厚《あつ》いカーテンが閉《し》め切《き》られ、外から遮断《しゃだん》された陽明塾《じゅく》は、日没《にちぼつ》に比《ひ》してなお暗い。停電中は塾生《じゅくせい》が何をしているかが見えなかった。ブレーカーを落とした僕《ぼく》が、暗闇《くらやみ》の中で金属探知機《きんぞくたんちき》の操作盤《そうさばん》を開け、感度設定《せってい》のつまみをいじったことも、その後何食わぬ顔でブレーカーを上げたことも、全部ね」

そう言って、杜屋は片目《かため》を閉《と》じてみせた。

「そのために、片目《かため》をずっとつぶっていました。あらかじめまぶたを閉《と》じていれば、片目《かため》だけでも暗闇《くらやみ》に慣《な》れさせることができますからね。ある意味でこれがいちばん大変でした」

「そんな……」

「説明書をちゃんと読んでおいたおかげで、暗闇《くらやみ》の中でもつまみの場所がわかって良かったです」

杜屋がそう言うので、俺《おれ》は思わず笑ってしまった。

金属探知機《きんぞくたんちき》の電源《でんげん》を切ったらはた目から見てもわかってしまう。けれど、感度が下げられて、スマートフォンくらいでは反応《はんのう》しない程度《ていど》になっていることは見ただけじゃわからないのだ。こんな単純《たんじゅん》なことが、積み重なって陽明を騙《だま》した。

「そもそも尊くん以外を疑《うたが》わなかったのも、あなたのミスですよ。あなたは塾生《じゅくせい》を完璧《かんぺき》にコントロールしてると思《おも》い込《こ》み、異分子《いぶんし》である彼《かれ》だけを目の敵《かたき》にしていた。その感情《かんじょう》が、判断《はんだん》をさらににぶらせた」

俺《おれ》への攻撃性《こうげきせい》。あの時の目つきと楽しそうな口調。さぞかし楽しかったことだろう。もしかしたら、ささやかな違和感《いわかん》くらいは覚えていたのかもしれない。けれどそれよりも、俺《おれ》のたくらみを暴《あば》いたと思《おも》い込《こ》むほうが気持ちが良かったのだ。

「僕《ぼく》はその後、感度の下がった金属探知機《きんぞくたんちき》を通って塾《じゅく》外に出て、外で待機していた志村くんからこのスマホを受け取ってポケットにしまい、そのまま中に入りました。陽明塾《じゅく》の塾《じゅく》生《せい》たちは良い子ですから、僕《ぼく》以外はいつも通り電子機器を預《あず》けたでしょうね」

杜屋がぐるりと陽明クラスの塾生《じゅくせい》たちを見回す。

「これで証明終了《しょうめいしゅうりょう》ですよ、寺田陽明先生。未成年への暴力《ぼうりょく》や恫喝《どうかつ》（＊12）だけでも問題になるでしょうが、テストの結果を不正に改ざんすることで金銭《きんせん》を受け取っていたことも自白していましたね。陽明塾《じゅく》がこれからどうなるのか、僕《ぼく》はとても楽しみですよ」

それを聞いた瞬間《しゅんかん》、陽明は文字通りがっくりと崩《くず》れ落《お》ちた。

俺《おれ》の足元に陽明がはいつくばる形になる。

けれど俺《おれ》は少しもうれしくなかった。やり返してやった、という気持ちにもならない。ただただ、目の前にいる男があわれだった。

＊12「恫喝《どうかつ》」…人をおどして、恐怖心《きょうふしん》を抱《いだ》かせること。

「俺《おれ》は……間違《まちが》ってないはずだ」

床《ゆか》に伏《ふ》せたまま、陽明がつぶやく。

「お前らは恵《めぐ》まれている。成績《せいせき》ですべてが決まるこの国で、こんなガキのころから勉強に金をかけてもらっている。俺《おれ》はそうじゃなかった。俺《おれ》はな、お前らみたいに甘《あま》やかされてこなかったんだよ。塾《じゅく》に行きたいって言ったら殴《なぐ》られるような家庭じゃないから、お前らはこの塾《じゅく》に通えてるんだもんな。だったら死ぬ気で頑張《がんば》れよ。少しくらい厳《きび》しくされたくらいで泣き言なんか言ってんじゃねえよ」

これこそ泣き言だった。でも、たぶんこれが陽明の心の奥底《おくそこ》から出た『本物の言葉』なんだろう。期待を込《こ》めて送り出されてきた塾生《じゅくせい》たちを見て、陽明は本当は……うらやましくてしかたがなかったんだろうか？

俺《おれ》がうっかり同情《どうじょう》しそうになっている横で、杜屋が静かに言った。

「子どもは恵《めぐ》まれているべきです。恵《めぐ》まれていることに引け目を感じることなく、何かを引きかえに差し出さなくても、すべての子どもは恵《めぐ》まれているべきですよ」

陽明が顔を上げて杜屋を見つめる。その顔は、なんだか子どものように見えた。

「幸せな子どもに石を投げても、昔のあなたが救われることはない。成績《せいせき》がすべてではないことあわせて、早く気づけるといいですね。あなたはニセモノの幸せに騙《だま》されている」

それを聞いた瞬間《しゅんかん》、陽明がふっと意識《いしき》を失って倒《たお》れ込《こ》んだ。

杜屋はそれを見届《みとど》けると、手に持ったスマートフォンをとても正しいことに使った。

警察《けいさつ》と救急への連絡《れんらく》である。

第十四章

カーテンコール

その後の展開《てんかい》はとても早かった。

陽明《ようめい》が運ばれて行き、俺《おれ》たちを含《ふく》む塾生《じゅくせい》はいったん帰されることとなった。

陽明の化けの皮がはがされた後の教室は、奇妙《きみょう》な空気に支配《しはい》されていた。ざわめきと動揺《どうよう》が二割《わり》、そして残りの八割《わり》が暗い洞窟《どうくつ》から抜《ぬ》け出《だ》した後のような穏《おだ》やかな空気。

誰《だれ》が始めたのかわからないが、陽明がいなくなるなり、塾生《じゅくせい》たちは一斉《いっせい》にカーテンを開け始めた。厚《あつ》いカーテンに隠《かく》されていた太陽の光が中に入ってきて、陽明塾《じゅく》が知らない場所のように変化していく。

光に満ちた陽明塾《じゅく》の中を、解放《かいほう》された塾生《じゅくせい》たちはゆっくりと出て行った。

杜屋《もりや》と共に陽明塾《じゅく》を出る時、ふと気になって事務室《じむしつ》のほうを見た。俺《おれ》たちのせいではあるのだが、バタバタと忙《いそが》しそうである。これからもっと対応《たいおう》に追われることになるのだろう。

事務員《じむいん》の中には何もせずただボーッとしている人もいて、それがある意味でとても対照的だった。俺《おれ》はどうしても我慢《がまん》しきれず、何もしていない事務員《じむいん》の人に話しかける。

「あなたは……いや、ここで働いている大人たちは、寺田《てらだ》陽明が塾生《じゅくせい》たちに何をしているか知ってたんですよね。そうして……誰《だれ》も塾生《じゅくせい》たちを助けなかったんですか」

俺《おれ》はわざと責《せ》めるように言った。これで罪悪感《ざいあくかん》を覚えればいい、という気持ちだった。

だが、事務員《じむいん》の人はまったく俺《おれ》の言葉が響《ひび》いていないようだった。そして、頭をかきながら続ける。

「陽明塾《じゅく》の給料は他《ほか》の塾《じゅく》の二倍だ。この不景気に破格《はかく》だよ」

「え……？」

思いもよらない返答に、俺《おれ》は思わずぽかんとした表情《ひょうじょう》をさらしてしまう。

「たしかに陽明先生は悪い人間だ。そこは疑《うたが》う余地《よち》がないよ。けど、雇《やと》われている側からしたら良い人間だった」

「そんなの……間違《まちが》ってる」

「間違《まちが》っている？　じゃあ僕《ぼく》に病気で入院してる子どもがいて、金に困《こま》っているんだとしたら？　それでもこちらを責《せ》めるのか」

「それは論点《ろんてん》のすり替《か》えでしょう」

会話に割《わ》って入ってきたのは杜屋だった。いつもなら頼《たよ》りになると思う場面なのに、さっきの問いが心に引っかかって、どう感じていいかわからなくなる。

事務員《じむいん》の人は杜屋に視線《しせん》を移《うつ》して、続けた。

「さすがに賢《かしこ》いな。こんなごまかしは通用しないか。でも、そういうことだ。俺《おれ》はこっちを選んだ。これからかなり面倒《めんどう》なことになるだろうし、仕事も失うだろう。でも、それまでの俺《おれ》は人よりたくさん金をもらっていたんだ」

杜屋はその言葉を黙《だま》って聞いていた。横顔じゃ、杜屋がどう感じているかはわからない。

そもそも、杜屋の気持ちの奥《おく》のところなんて、俺《おれ》にはわからないのかもしれない。

「君はこれをやめないんだろう、秀才《しゅうさい》くん。でも、覚えておくことだ。自分が何を選び何をしたかをね。人をいいように操《あやつ》ろうとすれば、きっといつか自分の人生に返ってくることになるぞ」

「忘《わす》れません。たとえ地獄《じごく》におちたとしても」

まるで予言のような呪《のろ》いのような言葉を受けて、杜屋はウソみたいな言葉を返す。

いや、もしかしたら本当なのかもしれない。

杜屋はとても、正直な人間なのかもしれない。

俺《おれ》はなぜだか、その時強くそう思ったのだった。


ほどなくして、期末テストを迎《むか》える前に陽明塾《じゅく》はあっさりと閉校《へいこう》になった。陽明の被害《ひがい》にあったという元塾生《じゅくせい》たちが次々に立ち上がり、陽明相手に裁判《さいばん》を起こそうとしているらしい。余罪《よざい》が明らかになれば逮捕《たいほ》の線も色濃《いろこ》いようで、その時は俺《おれ》も色々なことをぼかしつつ証言《しょうげん》するつもりである。

そう、今回の俺《おれ》たちは結構《けっこう》な大立ち回りをしたにもかかわらず、肝心《かんじん》な個人情報《こじんじょうほう》なんかはあまり表に出なかった。

「未成年だということや心が傷《きず》ついたことを押《お》し出《だ》しておけば、できる限《かぎ》り自分のことを隠《かく》すことができるよ。何しろ僕《ぼく》らは中学生だからね」

「そんなこと言うけどさ、もっと目立ったほうがよくないか？　せっかくお手柄《てがら》なのに」

「尊《たける》くんはこれで終わりだと思っているの？　ここで目立てば、次動きづらくなるよ」

そう言われてしまうと反論《はんろん》の余地《よち》がなかった。俺《おれ》もできる限《かぎ》り目立たず、まるで別の誰《だれ》かが俺《おれ》の代わりに陽明に立ち向かったかのように振《ふ》る舞《ま》う。幸いなことに世間の興味《きょうみ》は悪魔《あくま》の塾講師《じゅくこうし》・寺田陽明そのものに集中していた。

まあそんなもんである。

けれど、俺《おれ》たちの活躍《かつやく》をちゃんと知っていてくれる人もいる。まずは俺《おれ》たちに協力までしてくれた志村《しむら》だ。

「本当に陽明塾《じゅく》が潰《つぶ》れるなんて想像《そうぞう》もしてなかった。杜屋くんも和登《わと》くんも本当にすごいよ」

「いや、最初に動いたお前のほうがすごいよ」

「それに、志村くんだって僕《ぼく》らに協力してくれたわけだし」

俺《おれ》たちが口々に言うと、志村は満面の笑《え》みを浮《う》かべた。思った通り、志村にはそういう笑《え》顔《がお》のほうがおびえた顔つきより何倍も似合《にあ》っていた。

「二人ってすごいね、正義《せいぎ》の味方みたいだ」

「そんなことはないよ。タイミングが合えば、僕《ぼく》と同じことをした人はいくらでもいるだろうし」

なんて、杜屋があり得ない謙遜《けんそん》をする。いくらでもいるはずがない。立ち向かう勇気を持った人間はいたかもしれない。志村だってその一人だ。

ただ、正義《せいぎ》の味方なんかではないと俺《おれ》も思う。俺《おれ》たちは一人の人間を騙《だま》して罠《わな》にかけただけだ。悪い人間がめちゃくちゃ悪い人間を騙《だま》したのを『正義《せいぎ》』とは言えないとは思う。だとしたら……やや正義《せいぎ》？　比較的正義《ひかくてきせいぎ》？　その辺りになるだろうか。

でも、ほめられるのはありがたかった。正直、素直《すなお》にうれしい。

杜屋はいつも通りの、人当たりが良さそうなにこにこ笑顔《えがお》。この中にちょっとは本気の『うれしい』があったらいいと思う。そうしたらたぶん、俺《おれ》も杜屋の『正しい世界』に協力したかいがある。


当然、もう一人にも報告《ほうこく》をした。

陽明塾《じゅく》に関《かか》わるきっかけになった山木《やまき》さんだ。

山木さんは陽明塾《じゅく》から離《はな》れたことで、すっかり元の明るい山木さんに戻《もど》り始めていた。

血色が良い山木さんを見ると「そういえば俺《おれ》の記憶《きおく》に残っていた山木さんはこんな感じだっ

たな」と思えるようになった。記憶《きおく》の中の山木さんと今の山木さんが結びついて、ようやく記憶《きおく》の整合性《せいごうせい》が取れたような気分になる。

「まさか本当に陽明塾《じゅく》を潰《つぶ》せるなんて。信じてたけど、信じられない」

山木さんは子どものようにはしゃいで笑い、俺《おれ》と杜屋の手を順番に握《にぎ》ってぶんぶんと振《ふ》った後、不意に泣き出した。

「ちょっ……大丈夫《だいじょうぶ》か？」

「ううん、違《ちが》うの……ごめんね、急にごめんね」

山木さんは必死で涙《なみだ》をぬぐいながら、ようやく笑った。

「私《わたし》、あの時死んじゃわなくてよかったなって思ったら……なんだか、泣けてきちゃって」

「ああ、その通りだよ」

杜屋が迷《まよ》いなく言う。

「だから、山木さんは尊くんに何度だって感謝《かんしゃ》しないとだね」

「これ、わかりにくいけど杜屋なりのジョークだから」

「うん。これから、楽しかったり、うれしかったりしたら、きっと二人のこと思い出すよ」

山木さんが花の咲《さ》いたように笑う。

「まだ人生長いからね。中学生だから」

杜屋の口振《くちぶ》りは、自分がまるで中学生じゃないかのようだ。

でも、こいつは誰《だれ》よりも中学生で、子どもで、その使い方をわかってる。


さらなる後日談である。

ようやく放課後の塾通《じゅくがよ》いという苦行から解放《かいほう》された俺《おれ》は、あまりの開放感に打《う》ち震《ふる》えた。部活にも何にも入っていない中学生がこんなにも暇《ひま》だとは！　俺《おれ》は思う存分《ぞんぶん》ダラダラするようになった。反動で期末テストの結果は最悪だったが、俺《おれ》は印籠《いんろう》のように最後の塾《じゅく》内テストの結果を振《ふ》りかざして、どうにか母親を納得《なっとく》させた。

「……陽明塾《じゅく》のこと、ネットニュースで読んだんだけど……お金払《はら》って良い成績《せいせき》をつけるってことをやってて問題になったとかで……。ま、まさか尊、あなた……」

「それは濡《ぬ》れ衣《ぎぬ》！」

ある意味で、それよりもまずいことをしでかしたかもしれないが、俺《おれ》は陽明に金は払《はら》ってない。大丈夫《だいじょうぶ》だ。

母親はしばらく渋《しぶ》い顔をしていたが、不意に表情《ひょうじょう》をゆるめて言った。

「塾《じゅく》、通って良かった？」

「それはもう」

俺《おれ》は少し考えてから、一応《いちおう》言う。

「ありがとう、通わせてくれて」


そうしてダラダラ過《す》ごす放課後は楽しくもあったがずっと続けているとさすがに飽《あ》きてきた。そこで俺《おれ》は、放課後の杜屋を尾行《びこう》することにした。

どうせまっすぐ家に帰るか本好きらしく図書館にでも寄《よ》るんだろうと思っていたが、杜屋は大きく迂回《うかい》して、何もない河川敷《かせんしき》までやってきていた。

杜屋はあれだけ熱望されていたのに、結局どの部活にも入らなかった。その結果、杜屋がどこかの部活に入ったら塀戸《べいど》中のパワーバランスが崩《くず》れるからだとか、学校七不思議の一つに数えられる秘密《ひみつ》の部に加入を決めたのだとか、ゆかいな噂《うわさ》を色々と立てられていた。

あれからタイミングが合ったら学校でも一緒《いっしょ》に過《す》ごすようになったが、杜屋は依然《いぜん》としてクラスの人気者として中心にいるので、そこまでべったりという感じじゃない。俺《おれ》も杜屋という人間を冷静に観察する余裕《よゆう》が出てきた。

杜屋は誰《だれ》に対しても完璧《かんぺき》な対応《たいおう》を崩《くず》さない。杜屋は空気みたいな人間だ。存在感《そんざい》がないって言ってるわけじゃなくて、当たり前のようにそこにいるもの。

杜屋は『次』のために目立たないようにしていると言った。ということは、杜屋はこれからもこうした計画を立てて、人知れず実行に移《うつ》していくんだろう。

その『次』にちゃんと俺《おれ》はいるんだろうか。

というか、俺《おれ》は杜屋の相棒《あいぼう》ではあるんだろうが、友達《ともだち》ではあるんだろうか？　俺《おれ》の優秀《ゆうしゅう》な記憶《きおく》をたどってみる限《かぎ》り、友達《ともだち》だと明言された記憶《きおく》がない。

そんなことを考えながら、河川敷《かせんしき》の杜屋を観察する。

杜屋は軽い足取りで橋のたもとに向かうと、草むらにかがんだ。

……何をしてるんだ？　俺《おれ》は秘密《ひみつ》の尾行《びこう》であることを忘《わす》れ、杜屋のほうに近づいていく。

何をしているかはすぐにわかった。

杜屋は猫《ねこ》に餌《えさ》をやっていた。慈愛《じあい》に満ちた表情《ひょうじょう》というわけでもない、どちらかといえば義務《ぎむ》感に満ちているような表情《ひょうじょう》だ。そんな真剣《しんけん》な顔で野良猫《のらねこ》に餌《えさ》をやる人間がどこにいるんだろうか。

「楽しそうなことしてるじゃん」

俺《おれ》は驚《おどろ》かせるつもりでそう声を掛《か》けたのに、杜屋はまるでずっと一緒《いっしょ》にいたかのような口調でのんびりと言った。

「なかなか良いものだね。癒《い》やされるよ」

「猫《ねこ》と遊んでその感想って、子どもかよ」

「まだ中学生だからね」

俺《おれ》のことを見上げる杜屋は、できすぎたくらいにあどけなく、これを素《す》と呼《よ》ぶのは悔《くや》しい気もした。でも、俺《おれ》と同じ中学生なんだから、猫《ねこ》と遊んではしゃぐのは似合《にあ》っている。

「いつ話しかけてくれるのかってドキドキしてたよ」

「気づいてたのなら言えよ。趣味《しゅみ》悪いな」

「でも、尊くんには尊くんの計画があるのかなと思って。僕《ぼく》にも僕《ぼく》の計画があるように」

餌《えさ》を食べ終えた猫《ねこ》が杜屋の足元にじゃれついてくる。動物に好かれる人間は良いやつに見える。少なくとも杜屋は、人間より猫《ねこ》に優《やさ》しそうだ。

「俺《おれ》は何か計画があったらお前に言うぞ」

どういうつもりで言ったのか、自分でもよくわからない発言だった。あんまり考えないで発言するのはよくないのかもしれない。案の定、杜屋が猫《ねこ》とそっくりな顔をして笑う。

「僕《ぼく》だってちゃんと君に話すよ？」

「ウソつけ。なんだよこの猫《ねこ》」

「これは計画には入らないから」

猫《ねこ》を器用に構《かま》いながら、杜屋が言う。

「それにしても、尊くんがそんなことを言うなんてね。陽明塾《じゅく》では結構痛《けっこういた》い目を見たから、もう懲《こ》りちゃったかと思ってたよ」

「まあ最終的に気持ちよかったからチャラだよな。俺《おれ》、あの時の陽明の顔、死ぬまで忘《わす》れないわ」

「尊くんが言うならそうなんだろうね」

杜屋がそう言って笑う。

「それじゃあ、これからも僕《ぼく》の計画には尊くんを組《く》み込《こ》んでおくよ」

「そうしといたほうがいいぞ。俺《おれ》、それなりに役に立つだろ」

「それなりに、じゃなくてすごく、だよ。自慢《じまん》の友達《ともだち》だ」

杜屋が真《ま》っ直《す》ぐに言う。俺《おれ》は一瞬《いっしゅん》、杜屋がこの世でいちばん正しくてまともで優《やさ》しく、清《せい》廉潔白《れんけっぱく》な人間なんじゃないかと思う。そんなのは錯覚《さっかく》にすぎないんだけど、杜屋が世界をちよっとだけ正しい場所にしてくれるんじゃないかと思う。

「さて、そろそろ行こうかな」

杜屋が猫《ねこ》を抱《だ》き上《あ》げて、立ち上がる。

「どこに行くんだ？」

「この子を引き取ってくれる家だよ。大切にしてくれるって家を見つけたんだ」

「へえ、よかったな。……なあ、どんな口車に乗せたんだ？」

歩き出す杜屋の背《せ》を追いながら、そう尋《たず》ねる。

杜屋は振《ふ》り返《かえ》って、口元に人さし指を当てた。

「他言無用《たごんむよう》を守れるかい？」


（了《りょう》）

WHO IS
THE NEXT TARGET?

プロジェクト・モリアーティ2

「和登《わと》、お前を名探偵《めいたんてい》の助手にしてやる！」
杜屋譲《もりやゆずる》と和登尊《たける》のコンビの前に、新たな転校生・写楽法太郎《しゃらくほうたろう》が現れる。
彼は「名探偵《めいたんてい》」を自称《じしょう》し、正義《せいぎ》の名のもとに同級生の嘘《うそ》をあばいていく。
必要なのは平和のための嘘《うそ》か？　くもりなき真実か？
やがて写楽は完全記憶能力《きおくのうりょく》のある和登に興味《きょうみ》をいだき、助手へと誘《さそ》う。
怪人騒動《かいじんそうどう》に体育祭、ホームズとモリアーティの対決のゆくえは？

2024年12月発売予定。

著　斜線堂有紀（しゃせんどう・ゆうき）

秋田県生まれ、埼玉県育ち。2017年、『キネマ探偵カレイドミステリー』でデビュー。

初めて読んだシャーロック・ホームズの物語は『赤毛連盟』。

代表作に『恋に至る病』（メディアワークス文庫）、『楽園とは探偵の不在なり』（早川書房）、

『愛じゃないならこれは何』（集英社）、『本の背骨が最後に残る』（光文社）などがある。

絵　kaworu（カヲル）
イラストレーター、キャラクター・2Dデザイナー。
児童書やライトノベル、カードゲームのイラスト、
キャラクターデザインなど、多方面で活躍中。

装　丁　川谷デザイン
校　閲　深谷麻衣、野口高峰
（朝日新聞総合サービス 出版校閲部）
編集デスク　竹内良介
編　集　河西久実

ナゾノベル

PROJECT MORIARTY

プロジェクト・モリアーティ

01

絶対《ぜったい》に成績《せいせき》が上《あ》がる塾《じゅく》

2024年4月30日　第1刷発行

著　者　斜線堂有紀

絵　kaworu

発行者　片桐圭子

発行所　朝日新聞出版

〒104-8011　東京都中央区築地5-3-2

電話　03-5541-8833（編集）

03-5540-7793（販売）

印刷所　大日本印刷株式会社

ISBN 978-4-02-332333-9

定価はカバーに表示してあります。